JANINA HECHT

In diesen Sommern

Roman

C.H.Beck

für Bernhard und Franz

www.chbeck.de
Umschlaggestaltung: geviert.com, Michaela Kneißl
Umschlagabbildung: © Cindy Ruch
Satz: Fotosatz Amann, Memmingen
Druck und Bindung: CPI – Ebner & Spiegel, Ulm
Gedruckt auf säurefreiem, alterungsbeständigem Papier
(hergestellt aus chlorfrei gebleichtem Zellstoff)
Printed in Germany
ISBN 978 3 406 77449 2

myclimate

klimaneutral produziert
www.chbeck.de/nachhaltig

You search the world
for the milk of the pearl

Gregory Alan Isakov

Wasser

Vier Jahre bevor ich geboren werde, kentert mein Vater mit einem Boot auf dem Rhein. Es ist Spätsommer, September, meine Eltern haben sich wenige Wochen zuvor verlobt. Mein Vater ist mit Freunden in einem Motorboot unterwegs, sie unterschätzen den Wellengang bei einem Überholmanöver, das Boot kippt und sie stürzen ins Wasser. Sie schwimmen quer zur Strömung bis zum Ufer. Als sie ankommen, sind sie völlig entkräftet.

Ich stelle mir vor, wie mein Vater am Abend meiner Mutter den Unfall erzählt, welche Worte er benutzt und was sie in diesem Moment denkt.

Sie war als kleines Mädchen in einen Bach gefallen, hatte mit den Nachbarskindern gespielt und war ausgerutscht, und als sie endlich herausgezogen wurde, geschwächt und am ganzen Körper kalt, konnte niemand sagen, ob sie sich wieder erholen würde.

Ich glaube, meine Eltern hatten ein nahezu identisches Verhältnis zu Wasser. Vielleicht hat sie das mehr verbunden, als ihnen bewusst war. In meiner Kindheit habe ich es nie erlebt, dass sie einfach nur zum Vergnügen gebadet haben.

Blumenkästen

Mit meinen nackten Füßen steige ich über die Türschwelle vom Wohnzimmer auf den großen Balkon, ich kann das Holz der einzelnen Bretter fühlen, die Wärme. Ich gehe den schmalen Rand entlang, am Ende liegt meine Mutter auf einem Liegestuhl, ihre Augen sind geschlossen.

Ich nehme einen Eimer und tunke ihn ins Regenfass, halb voll trage ich ihn zurück in die Sonne, setze mich auf den Boden und stelle meine Füße hinein. Das Wasser ist kalt, viel kälter, als ich geglaubt habe. Mit den Fingern male ich unsichtbare Zeichnungen auf meine Knie, erst Kreise, dann Blumen, dann einen Elefanten. Ich schöpfe das Wasser mit beiden Händen über mein Gesicht, es fließt an den Ohren herab, läuft auf das Holz und zwischen den Brettern hindurch bis hinunter in den Garten.

Meine Mutter setzt sich auf und blinzelt mich an, ganz schön warm heute, sagt sie, und dann fragt sie, ob ich Hunger habe. Ich schüttle den Kopf und wische mir eine nasse Strähne aus dem Gesicht. Sie bittet mich, sie einzucremen. Auf einem Brett balanciere ich zu ihr hinüber, sie reicht mir eine kleine Flasche und legt sich auf den Bauch, ich setze mich auf ihren Hintern. Sie lacht und versucht mich zu kitzeln.

Ich rieche das Plastik des Liegestuhls, er ist mit großen gelben und braunen Blumen bedruckt, die neben dem Körper meiner Mutter herausschauen, Blumen, wie ich sie noch nie gesehen habe. Jahre später hat mich das Muster immer an diese gleißend hellen Tage erinnert, an denen die Zeit vor sich hin tröpfelte und es mir einfach unmöglich schien, dass es irgendwann wieder Winter werden könnte. Ich gieße mir etwas von der braunen Flüssigkeit auf die Hand, meine Mutter summt eine langsame Melodie, während ich sie eincreme. Noch heute kann ich mich an den nussigen Geruch erinnern, an das dickflüssige Öl, das sich in den Rillen meiner Handinnenseiten sammelte, daran, wie weich ihr Rücken war.

Pass auf, dass es nicht auf den Bikini läuft, sagt sie.

Ich weiß schon, sage ich.

Es könnte der Sommer nach meinem ersten Schuljahr gewesen sein.

Meine Mutter fährt den gelben Opel, wir hören die Kinks, sie singt mit und schaut immer wieder zu mir in den Rückspiegel. Vor der Gärtnerei parkt sie, springt aus dem Auto und öffnet mir die Tür. Sie sieht auf die Uhr.

Manuel kommt erst in zwei Stunden aus dem Kindergarten, sagt sie.

Mit einem geflochtenen Korb gehen wir die langen Reihen an den Betontischen entlang, meine Mutter nimmt Töpfe mit Blumen heraus, die ihr gefallen, und hält sie mir hin, sie fragt mich, ob ich sie schön finde. Ich mag die kleinen blauen Blümchen am liebsten, wir kaufen sie, und für Oma noch große rote Blumen, die altmodisch aussehen. Nach dem Einkauf ist der ganze Kofferraum voll.

Weil wir noch Zeit haben, gehen wir Eis essen. Wir sitzen unter einem hellblauen Schirm mit Fransen, meine Mutter hat sich ein Spaghettieis bestellt, vor mir steht ein Pinocchio-Becher. Er hat ein buntes Gesicht aus Smarties und trägt eine umgedrehte Eiswaffel als Hut. Ich esse die Augen und die Nase zuerst.

Wann kommt Papa, frage ich.

Meine Mutter scheint die Frage nicht zu verstehen oder sie muss sich die Antwort erst noch ausdenken.

Wie immer, sagt sie.

Ich schaue sie lange an und dann überlege ich, ob ich sie noch etwas anderes fragen soll, aber ich denke plötzlich, lieber nicht. Meine Mutter rührt in ihrem Becher, aus Weiß und Rot ist rosa Eis geworden.

Bis die Blumen auf dem Balkon stehen, müssen wir viermal vom Auto nach oben laufen, meine Mutter holt noch einen Sack Erde und die Balkonkästen aus dem Schuppen. Dann klingelt es und Manuel kommt zu uns gerannt, er legt sich breitbeinig auf die Liege und verschränkt die Arme. Ich sortiere die Blumen nach Größe, meine Mutter beginnt, die Plastiktöpfchen abzustreifen.

Manuel erzählt vom Kindergarten, Marco hat Geburtstag gefeiert und ihm eines seiner Bonbons geschenkt, Melanie hat ihn aus der Spielecke geworfen.

Warum, fragt meine Mutter.

Ich habe sie gebissen, sagt Manuel.

Na toll, sagt meine Mutter, dann krieg ich später gleich wieder einen Anruf.

Sie schüttet Erde in die Kästen, dann zeigt sie mir, wie ich immer vier Pflanzen nebeneinander einsetze, sie füllt die Zwischenräume und drückt alles fest. Wir bepflanzen acht große Kästen, meine Mutter holt zwischendurch Nachschub, weil die Erde ausgeht.

Ich habe ganz schwarze Fingerkuppen, kleine dunkle Halbkreise unter den Nägeln, die modrig schmecken. Manuel schließt die Augen, ich überlege, ihm den Rest des Wassers aus dem Eimer über den Bauch zu schütten, aber ich lasse es sein, mein Vater kommt bald.

Meine Mutter hängt die schweren Balkonkästen in die Haken ein. Die Nachbarin schaut her und winkt, sie nickt uns zu, wahrscheinlich findet sie es schön.

Fahrrad

Mein Vater hält mein blaues Rad am Gepäckträger fest, ich sitze auf dem Sattel, beide Füße auf den Pedalen.

Jetzt, sagt er.

Ich schließe für einen Moment die Augen, dann öffne ich sie wieder, atme tief ein und beginne in die Pedale zu treten. Ich kann spüren, wie mein Vater hinter mir herrennt und das Rad noch immer festhält, wie er irgendwann loslässt. Ich konzentriere mich auf das Treten, aber der Lenker schlenkert zu sehr, ich kippe vom Rad und falle in den Rasen. Mein Vater kommt zu mir, er reicht mir die Hand und zieht mich nach oben.

Macht nichts, Teresa, sagt er, du wirst immer besser.

In meinem Bauch kann ich meine Enttäuschung spüren oder vielleicht ist es auch seine Enttäuschung, die auf mich überspringt. Er schiebt einhändig mein Fahrrad zurück und legt währenddessen den Arm um mich.

Du lernst es irgendwann, sagt er.

Manchmal würde ich gerne einer Version meines Vaters vertrauen. Eine Antwort haben auf die Frage, wer er war. Ich lege die Ereignisse wie Schichten aus Transparentpapier übereinander und versuche zu erkennen, was durchscheint.

Experimente

In der Schule lerne ich, dass die Erde sich um die Sonne dreht. Ich sitze am Gartenmäuerchen und stelle meinen Blick scharf, ich will sehen, wie sich die Erde bewegt. Ich mache Experimente beim Hüpfen. Ich stelle mich auf den Weg, umkreise meine Füße mit Straßenmalkreide und hüpfe so weit und so gerade nach oben, wie ich kann, ich prüfe, wo ich gelandet bin. Wenn ich eine Sekunde in der Luft bin, dreht sich die Erde fast zwei Zentimeter unter mir weg.

Rennwagen

Wir haben Wasser und belegte Brötchen eingepackt, mein Vater trägt eine Kühlbox. Noch bevor wir durch das Eingangstor gehen, kann ich schon die Motoren hören. Wir setzen uns auf die Tribüne, auf feste Steinbänke, die stufenweise angeordnet sind, mein Vater legt mir ein schmales Kissen unter. Ich erinnere mich an diesen Tag vor allem in einem Bild: wie er, mit ausgestrecktem Finger, den Kurvenverlauf der Rennstrecke nachzeichnet und mir erklärt, worin für die Fahrer die Schwierigkeiten bestehen. Ich kann nicht älter als acht gewesen sein.

Bevor es losgeht, holt er sich noch ein Bier, wir stehen am Imbiss an, ich schaue auf die Fritteuse. Ich traue mich nicht zu fragen, ob wir für mich etwas bestellen können und denke an das knautschige Brötchen in der Kühlbox.

Mein Vater beobachtet mich, er beugt sich zu mir herunter und fragt mich, ob ich Pommes möchte. Ich nicke. Er bestellt zwei Portionen und lässt sich viel Ketchup darauf machen, er kauft noch eine Fanta dazu.

Mit der grünen Flasche in der Hand sitze ich wieder auf der Tribüne. Die Rennwagen sind schrecklich laut. Mein Vater setzt sich hinter mich, er hält mir die Ohren zu, sobald sie vorbeikommen. Die Männer, die um uns herumsitzen, müssen lachen, mein Vater lacht auch, aber ich merke, dass es ihm egal ist, was sie denken.

Italien

Meine Mutter trägt kurze Shorts, sie hat die Beine angewinkelt und dreht sich vom Beifahrersitz zu uns nach hinten, sie lächelt uns an, dann schaltet sie Musik ein. Sie hat ihre selbst aufgenommenen Kassetten durchnummeriert und im Handschuhfach gestapelt. Weil sie beim Aufnehmen gekocht, gebügelt oder manchmal telefoniert hat, sind viele Lieder vorne abgeschnitten, manche auch hinten, auf Kassette Nummer vier hört man am Schluss noch den abendlichen Wetterbericht vom 11. Mai 1984, da war ich eins, denke ich, und kann es mir doch nicht vorstellen.

Mein Vater fragt meine Mutter, ob wir rechts oder links abbiegen müssen, ich sehe, dass sie die Straßenkarte schon wieder falsch herum hält.

Die Karte, sage ich zu ihr, aber sie schüttelt den Kopf und winkt ab, als wäre ihr das jetzt zu viel.

Mein Vater sagt, sie soll die Karte zu mir nach hinten geben, sie tut es, ohne sich richtig nach mir umzudrehen, und schaut dann aus dem Fenster.

Meine Hand zittert, lange Wörter kann ich noch immer nicht schnell lesen.

Ich habe die richtige Straße gefunden, mein Vater lobt mich, aber ich wünschte, er würde nicht darüber sprechen. Wir hören ein langsames Lied, der Schluss fehlt und danach singt wieder jemand auf Deutsch mit einem bayerischen Akzent. Manuel schläft noch immer, ich will, dass er wach wird und mit mir ein Autospiel macht. Ich stupse ihn in die Seite, er wacht auf und lächelt mich an, lass mich, sagt er und hebt seine kleine Hand.

Du bist süß, sage ich und wuschle ihm durch die blonden Haare, dann wirft er seinen Löwen nach mir.

Hört doch mal auf, sagt meine Mutter.

Ich gebe Manuel den Löwen zurück, er schaut mich verschwörerisch an.

Mein Vater parkt unser Auto neben dem Eingang zur Ferienwohnung, ich hüpfe vom Rücksitz und gehe gleich hinein. In der Wohnung riecht es staubig, die Sonne fällt durch die Spalten des Rollladens. Draußen steht mein Vater am Kofferraum und lädt unsere Sachen aus.

Meine Mutter und ich tragen die Taschen und einen Korb mit Töpfen und Lebensmitteln ins Haus, Manuel trägt nur seinen Drachen, ich schubse ihn und nenne ihn Faulpelz. Schon wieder streckt er die Zunge heraus. Mein Vater sagt, wir sollen jetzt endlich mal still sein.

Meine Mutter will gleich etwas kochen, habt ihr Hunger, fragt sie, wir nicken. Als die Eltern wegsehen, lächle ich Manuel an und er schmunzelt wieder.

Ich frage, ob wir vor dem Essen noch raus und den Swimmingpool anschauen dürfen und meine Mutter sagt, wir sollen in einer halben Stunde zurück sein.

Als wir wieder in der Wohnung sind, weiß ich gleich, dass etwas passiert ist. Meine Mutter sagt nichts, sie deckt nur den Tisch, ich schicke Manuel zum Händewaschen. Sie blickt mich an, ihre Augen sind rot. Ich frage nicht, was los ist, sondern nehme ihr das Besteck aus der Hand. Das Tischtuch hat rote Karos und ich gebe mir viel Mühe, die Gabeln ganz parallel zu den Karos zu legen, wenn alles gerade ist, sieht es ordentlicher aus. Mein Vater kommt rein und setzt sich an den Tisch, er breitet die Zeitung von zu Hause über den Tellern aus und beginnt zu lesen, ohne dabei aufzusehen.

Ich sage, es ist sehr schön hier.

Abends liegen Manuel und ich in unserem Doppelbett, das Laken riecht nach fremdem Waschmittel. Manuel streckt seinen Arm aus und zieht eine unsichtbare Linie.

Hier ist die Grenze, sagt er.

Schon klar, sage ich und starre an die Decke.

Ich sehe Lichtkegel von vorbeifahrenden Autos, Motorengeräusche, ein paar Wohnungen weiter lacht eine Frau sehr laut, dann Stille. Es ist viel wärmer als zu Hause.

Am nächsten Morgen komme ich auf die Terrasse, Manuel ist schon wach. Er tritt wie wild auf die kleine rote Luftpumpe, er ist wütend, ich frage ihn, was los ist. Er erklärt mir, dass das Ventil nicht in den Drachen passt und die Luft immer an der Seite herauskommt.

Ich helfe dir, sage ich.

Ich halte den Schlauch in die Öffnung des Drachen und drücke das Ventil mit Daumen und Zeigefinger zusammen.

Jetzt, sage ich.

Ich höre Mama schreien, Manuel tritt und tritt, der Drache füllt sich, sie sagt den gleichen Satz immer wieder. Der Drache wächst. Ich lasse mir das nicht gefallen, ruft sie, und mein Vater schreit auch.

Noch mehr Luft, sage ich zu Manuel.

Er pumpt weiter, dann richtet sich der grüne Kopf auf und ich höre ein Krachen im Zimmer.

Was war das, fragt Manuel.

Du musst mehr treten, sage ich.

Manuel tritt stärker auf die Pumpe, bis sich der Drache ganz fest anfühlt, wir verschließen das Ventil und tragen ihn zum Pool.

Siehst du, sage ich, das war doch ganz einfach.

Ich gehe zurück in die Wohnung und höre ihr Schluchzen, ich kann sie nicht sehen, es ist dunkel. Ich finde sie in der Küche auf dem Boden, sie lehnt an einem Schrank, ich setze mich neben sie und lege ihr die Hand auf die Schulter, sie hebt ihren Kopf und lächelt mich an.

Ich habe mit Manuel den Drachen aufgepumpt, sage ich.

Mein Vater kommt dazu und schickt mich raus, ich will nicht gehen und sage, dass ich bleibe, er zieht mich am Arm ins Wohnzimmer, ich soll mich nicht einmischen.

Ich bleibe stehen und sage, dass ich es riechen kann, dass ich genau weiß, was los ist, und schon holt er mit der Hand aus und schlägt mich ins Gesicht.

Ich renne weg, über die Terrasse und die Wiese dahinter, ich spüre, wie meine Augen nass werden, ich renne weiter bis zur Hecke und setze mich neben einen Busch auf den Boden. Ich kann Manuel sehen, wie er im Pool auf dem

Drachen sitzt, ich beobachte ihn, wie er mit den Füßen paddelt. Dann stehe ich auf und laufe auf ihn zu, schau mal, Manuel, schau jetzt ganz genau hin, rufe ich über den Rasen, und dann mache ich einen Kopfsprung in den Pool. Als ich wieder auftauche, nickt mir Manuel zu, cool, sagt er.

Am Abend kommen immer wieder Väter und Mütter und holen ihre Kinder aus dem Wasser, es wird kühl und die Sonne steht tief. Manuel und ich vergleichen die Rillen auf unseren Fingerkuppen, seine sind größer, weil er länger im Wasser war.

Das ist kein Wunder, sagt er, ich bin ja auch Wassermann.

Meine Mutter hat immer noch rote Augen, als wir zurückkommen.

Hast du Kopfschmerzen, fragt Manuel.

Gut, dass ihr da seid, sagt meine Mutter.

Manuel erzählt ihr von meinem Sprung, sie schaut mich nicht an.

Wo ist er, frage ich.

Er geht spazieren, sagt sie.

In der Nacht höre ich, wie jemand mit unserem Auto wegfährt, ich kenne das tiefe Geräusch des Motors. Am nächsten Morgen weiß ich nicht, wann das Auto wieder zurückgekommen ist, irgendwann bin ich eingeschlafen.

An einem Nachmittag machen wir einen Ausflug nach Pisa, wir gehen zwischen den weißen Gebäuden spazieren und essen Eis. Ich möchte gern auf den Turm hinaufsteigen, aber er ist geschlossen. Ich frage mich, wie es sich anfühlen muss, dort oben entlangzugehen, ob man beim Umrunden des Glockenturms genau spürt, wie es hinauf und dann wieder nach unten geht.

Ich sitze im Baum neben der Terrasse und habe ein Buch auf dem Schoß, ich neige mich zurück, mein Rücken an den Konturen des Stamms. Meine Eltern kommen heraus, sie sehen mich nicht. Mein Vater schimpft und meine Mutter macht Bewegungen mit ihren Händen in der Luft, ich kann ihre Worte nicht verstehen, obwohl sie immer lauter werden. Ich sehe, wie mein Vater meine Mutter an den Schultern packt. Ich spüre den Wind, die Blätter rauschen an meinen Ohren, mein Vater schüttelt meine Mutter, und ich merke, wie sich meine Hände verkrampfen.

Und dann schließe ich die Augen, ich höre ihre Stimmen, die Sonne brennt durch meine Lider hindurch, mein Finger ist eingeklemmt zwischen den Buchdeckeln, ich lehne mich nach vorne, immer weiter, und dann falle ich. Ich spüre Rinde an den Händen, und dann das Buch und dann nichts mehr und dann den Boden und dann höre ich, wie meine Mutter schreit.

Ich wusste gleich, dass der Arm gebrochen war. Ich denke an den Moment, in dem meine Eltern zu mir rannten. Wie meine Mutter mich hielt, ich mich an sie lehnte, während mein Vater mir ein Glas Wasser brachte und mir die Haare hinter das Ohr strich.

Im Krankenhaus macht mir ein junger Arzt einen Verband und lächelt mich dabei an, meine Mutter telefoniert. Mein

Vater steht auf dem Krankenhausflur und wartet. Manuel sitzt auf einer Liege und kaut Kaugummi, er lässt die Beine baumeln.

Mein Vater trägt die zwei braunen Ledertaschen zum Auto, er wirft sie einfach hinein, nicht wie sonst, wenn er langsam packt und genau überlegt, wo er welche Sachen hinstellen könnte, damit möglichst viel in den Kofferraum passt. Ich stehe neben dem Auto und drehe mich weg, meine Mutter kommt mit einem Korb aus der Wohnung und sagt, ich soll wenigstens im Schatten stehen. Manuel muss jetzt tragen helfen. Als meine Mutter und mein Vater wieder in der Wohnung sind, kommt Manuel zu mir, tut es weh, fragt er.

Nein, sage ich, ich krieg doch die ganze Zeit Tabletten.

Ich weiß, dass Manuel meinen Verband schön findet und auch gerne einen hätte.

Es tut mir leid, dass der Urlaub vorbei ist, sage ich.

Mir egal, sagt er, dann kann ich mit Marco spielen.

Ich weiß, dass er lügt, er wollte den ganzen Sommer baden. Ich trete wieder in die Sonne und sehe in den Himmel, ich schließe meine Augen.

Wir kommen vielleicht nächstes Jahr wieder, sage ich.

Ich blicke zu Manuel, er schaut mich lange an, mit diesem Blick, den er auch heute noch manchmal hat, als würden ihm die Worte nicht mehr einfallen, und dann sagt er, nein, das glaube ich nicht.

Es gibt ein Foto von mir aus diesem Urlaub, jahrelang hing es bei uns im Flur. Ich stehe vor dem schiefen Turm von Pisa und trage einen hellgrünen Zweiteiler mit lila Punkten, ein Oberteil und einen Rock, dazu weiße Sandalen. Ich lächle in die Kamera. Meine Eltern mochten das Bild so sehr, dass sie es auch für meine Großmütter nachmachen ließen.

Weinberg

Manuel und ich rennen die Reihen entlang, unsere Eltern stehen an den Reben, jeder hat seinen eigenen Eimer. Mein Vater und mein Onkel wechseln sich mit dem Tragen ab. Wir pflücken tiefrote Beeren und lassen sie in unseren Mündern verschwinden, sie zerplatzen am Gaumen. In das Weinberghäuschen hat mein Großvater eine Eckbank gebaut. Das Brett dahinter kann man entfernen, dort liegen noch Bonbons vom letzten Jahr, sie kleben beim Ausrollen am Papierchen fest.

Wir spielen Verstecken, mein Großvater lächelt uns an, wenn wir zwischen den Blättern knien. Er fragt uns, wer von uns auf dem Nachhauseweg auf dem Traktor sitzen will.

Manuel und ich kriechen durch den engen Wasserkanal, der zwischen den Rebflächen unter der Straße durchgeht. Manuel bleibt stecken und beginnt zu weinen.

Soll ich die Mama holen, frage ich.

Er schüttelt den Kopf und sagt, dass er es noch mal versucht. Ich locke ihn von der anderen Seite, plötzlich geht es ganz einfach und er kriecht weiter. Wir sind erleichtert und erzählen den Erwachsenen nichts.

Am Waldrand finden wir Salamander, sie leuchten gelb auf den grauen Steinen. Von hier oben kann man die Traktoren zählen, es sind einundzwanzig. Wenn wir lange genug stillsitzen, kommen Feldhasen vorbei.

Ich habe eine Jacke an, die ich nur im Weinberg trage, es ist die alte Skijacke meiner Mutter, sie hat überall rote Flecken.

Wenn ich an diese Jahre denke, frage ich mich, ob es eine Kontinuität der Ereignisse gibt, eine Entwicklung, auf die ich mich verlassen kann. Ich versuche, die Situationen zu ordnen, sie zusammenzuhalten, in ihnen etwas zu finden, was über den konkreten Moment hinausweist.

Der Pool

Mit den Rädern fahren wir zur Gaststätte vier Dörfer weiter. Unter dichten Bäumen stehen ein paar Tische und Bänke und neben einem kleinen Rasenstück gibt es einen Pool im Garten, den die Vorbesitzer gebaut haben.

Manuel und ich haben Badesachen dabei, während wir auf das Essen warten, schwimmen wir auf dem Rücken und blinzeln in die Sonne.

Ganz plötzlich steht mein Vater da und ruft etwas, ich kann seine Worte nicht verstehen, er zieht sich die Turnschuhe aus, wirft sie von sich und springt direkt vor uns ins Wasser, er trägt seine kurze Fahrradhose und ein T-Shirt. Ein anderer Mann rennt zu ihm, die beiden ziehen ein Kind aus dem Wasser, einen Jungen. Manuel und ich steigen aus dem Pool. Der Junge ist ganz blau, es kommt ein Schwall hellroter Flüssigkeit aus seinem Mund. Mein Vater ruft meinen Namen, er sagt, wir sollen die Rettung holen. Ich renne im Badeanzug zum Tresen und rufe die Wirtin, sie wählt die Notrufnummer, gemeinsam eilen wir zum Pool zurück.

Mein Vater hält das Kind im Arm, ein paar andere Gäste stehen daneben. Die Wirtin schreit auf, als sie ankommt, sie sagt, dass es das Nachbarskind sei, sie rennt die Straße hinunter.

Der Rettungswagen ist schnell da, eine braunhaarige Sanitäterin untersucht das Kind, sie legen es auf die Trage und klopfen einer weinenden Frau auf die Schulter. Mein Vater sagt zu mir, dass es dem Jungen gut geht, dass sie ihn nur noch genauer untersuchen müssen.

Wir schauen dem Rettungswagen hinterher, das Martinshorn hallt durch das Tal. Die Kleider meines Vaters tropfen. Ich sehe, dass er am ganzen Körper zittert.

Als wir an den Tisch zurückkommen, steht das Essen noch da, meine Mutter sagt, wir sollen uns hinsetzen. Manuel und ich teilen uns einen Berg Nudeln. Mein Vater zerschneidet sein Schnitzel langsam, er kaut gleichmäßig und schaut nicht auf, er spricht nicht. Meine Mutter streichelt ihm über den nassen Rücken. Sein Gesicht sieht verändert aus. Ich bin immer noch außer Atem.

Am nächsten Tag gibt es einen kleinen Artikel in der Regionalzeitung, mein Großvater wedelt damit herum, als ich von der Schule komme.

Jetzt rettet gerade der ein Kind aus dem Wasser, sagt er und lacht.

Er gibt mir die Zeitung und sagt, ich soll sie meinen Eltern hinlegen. Mein Vater liest den Artikel beim Abendessen, er hält die Zeitung ein Stück weg, dann faltet er sie wieder zusammen. Er schaut mich direkt an, ich sehe, dass er feuchte Augen hat. Ich will etwas sagen, irgendetwas Schönes, darüber, dass er das Richtige getan hat, aber alle Sätze, die mir einfallen, kommen mir so seltsam vor.

Kabel

Manchmal darf ich mit meinem Vater auf Baustellen gehen. Er arbeitet schon lange nicht mehr in seinem alten Beruf, er prüft jetzt Wareneingänge in einer großen Firma. Von Montag bis Freitag steht der braune Lederkoffer mit den roten Schraubenziehern in der Garage. Samstags holt er ihn heraus, trägt ihn zum Auto und fährt zu einem Rohbau. Wenn ich meine Hausaufgaben schon gemacht habe, darf ich mit. Ich kann Kabel abisolieren und ihm das Werkzeug reichen. Manchmal darf ich Aufputzsteckdosen montieren. Die abgeschnittenen Hüllen der Kabel liegen in meiner Hand, man könnte sie auf einer Schnur auffädeln, wie Perlen.

Türen

Ich bin zwölf. Ich erwache im Dunkeln von einem Geräusch, das ich nicht zuordnen kann. Dann fällt eine Tür zu, weit entfernt die Stimme meiner Mutter. Ich kann noch nicht lange geschlafen haben, mein Wecker zeigt eine Stunde vor Mitternacht.

Ich schlage die Bettdecke zurück und gehe durch mein Zimmer, ich öffne die Tür, ich kann nichts hören, dann ruft meine Mutter laut Nein. Ich ziehe mir Socken an und gehe die Treppe hinab, vor der Terrassentür stehen meine Eltern, meine Mutter in den Kleidern, die sie am Tag anhatte, Jeans und eine blaue Bluse, mein Vater trägt nur eine Unterhose und ein T-Shirt, er muss gerade aus dem Bett gekommen sein.

Meine Mutter versucht, die Tür zu öffnen, mein Vater hindert sie daran, er hält sie an beiden Armen fest, er ist mindestens einen Kopf größer als sie, sein Körper wirkt noch massiger als sonst.

Was ist los, rufe ich.

Meine Eltern drehen sich um.

Geh ins Bett, Teresa, sagt meine Mutter.

Ich sehe durch das strukturierte Glas der Tür, dass jemand draußen steht.

Was ist los, frage ich noch mal.

Geh ins Bett, sagt jetzt mein Vater.

Wo ist Manuel, frage ich.

Er ist selbst schuld, sagt mein Vater und geht einen Schritt auf mich zu. Meine Mutter öffnet die Terrassentür, draußen steht Manuel in seinem blauen Frotteeschlafanzug und weint.

Komm rein, sage ich.

Nein, sagt mein Vater, er will nicht hören, er bleibt draußen.

Ich gehe auf meinen Vater zu, mein Herz klopft in meinem ganzen Körper.

Ich hole ihn jetzt rein, sage ich.

Mein Vater hebt seine große Hand und gibt mir eine Ohrfeige, meine Wange brennt, mein Kopf wird ganz warm. Meine Arme zittern. Mit Kraft schiebe ich meinen Vater weg und öffne die Tür, ich schlüpfe zu Manuel nach draußen. Die Tür wird wieder zugeschlagen. Manuel blickt mich ratlos an, ihm laufen Tränen die Wangen hinunter.

Mir ist kalt, sagt er.

Ich kann sehen, dass er Angst hat, ich sage ihm, dass wir jetzt wieder reingehen werden. Manuel trägt keine Socken, er steht barfuß vor mir, mit dem rechten Fuß in einer kleinen Pfütze. Im Garten brennt kein Licht und über uns sieht man kaum Sterne, der Himmel muss bewölkt sein.

Ich frage Manuel, was passiert ist, und er erzählt aufgeregt, dass er Hunger hatte und sich ein Brot schmieren wollte, wie das Brotmesser herunterfiel und wie davon unser Vater aufgewacht ist.

Die Tür wird von innen geöffnet, mein Vater mustert mich, er sagt, er lässt sich das von mir nicht bieten.

Meine Mutter sitzt am Boden in der Ecke, sie hat die Beine angewinkelt und hält ihre Knie mit den Armen umschlungen, sie weint.

Ich nehme Manuel an der Hand und ziehe ihn ins Haus, mein Vater geht hinter uns her durch den Flur. Vor der Treppe hält er mich fest und dreht mich um, er hat ein kleines Küchenmesser in der Hand. Ich weiß nicht, ob er es vorher schon hatte, ob er es irgendwo geholt hat oder es einfach auf dem Fenstersims lag.

Ich werde plötzlich ganz ruhig, ein großer Ballon breitet sich in mir aus, ich kann meinen Atem hören.

Ich habe keine Angst vor dir, sage ich, und tief in meinem Bauch merke ich, dass das stimmt.

Mein Vater mustert uns, als würde er nicht wissen, was er tun soll, er lässt das Messer sinken, etwas Trauriges huscht über sein Gesicht.

Leg das weg, sagt meine Mutter, sie geht auf ihn zu, nimmt ihm das Messer aus der Hand und verlässt den Flur.

Ihr spinnt doch, sagt sie, Manuel läuft ihr hinterher.

Mein Vater macht einen Schritt zurück, er schwankt und blickt mich an, mit leeren Augen, kurz sieht es so aus, als würde er sich einfach umdrehen und weggehen.

Ich sage, dass er uns endlich in Ruhe lassen soll.

Er weicht weiter zurück, ich gehe auf ihn zu, wir schauen uns an, eine kurze Zeit passiert nichts, meine Augen fühlen sich feucht an und meine Nase läuft, dann hebt er seine Hand und versucht, mich zu treffen, aber ich bin schneller, ich sehe seine Bewegung, bevor sie da ist, ich komme ihm zuvor, ich nehme meinen Arm hoch, ich schlage in seine Richtung, er weicht weiter zurück.

Ich laufe zurück zur Treppe, gehe mit Manuel die ersten

Stufen hinauf, mein Vater steht wieder hinter uns. Manuel und ich drehen uns gleichzeitig um und dann holt Manuel mit der Faust aus, er trifft das Gesicht meines Vaters in der Mitte. Mein Vater brüllt auf, er blickt uns mit aufgerissenen Augen an.

Lass uns endlich in Ruhe, ruft Manuel.

Mein Vater fasst sich an die Nase, es läuft Blut heraus.

Meine Mutter eilt mit einem Taschentuch zu ihm, er nimmt es ihr aus der Hand und hält es sich vor die Nase, er legt seinen Kopf nach hinten.

Manuel bleibt einen Moment stehen, wie angewurzelt. Ich nehme ihn an der Hand, wir rennen die Treppe hoch in mein Zimmer, ich nehme den Schlüssel vom Regal und schließe von innen ab. Wieder bleibt er regungslos stehen.

Manuel, was ist los, frage ich.

Er sagt nichts. Ich höre die beiden unten schreien, aber ich kann nichts verstehen. Mein Vater kommt die Treppe rauf, schwere Schritte, die Stufen knarzen.

Er sagt, macht auf, verdammt, und schlägt gegen die Tür.

Manuel zittert, ich nehme ihn in den Arm.

Er kann nicht die ganze Nacht dastehen, sage ich.

Mein Vater hämmert noch ein paarmal gegen die Tür, dann wird es leise, irgendwann geht er die Treppe wieder hinunter. Wir setzen uns auf den Boden und lehnen uns an die Wand. Wir sind beide so erschöpft, dass wir nichts sagen können, ich höre meinem Herzschlag dabei zu, wie er sich beruhigt. Ich nehme Manuels Hand und halte sie in meiner, dann stehe ich auf.

Ich muss nach Mama schauen, sage ich.

Nein, bleib hier, ich will nicht allein sein.

Ich lege mein Ohr an die Tür, ich höre nichts mehr.

Er ist wieder ins Bett gegangen, sagt Manuel.

Du hast ihn geschlagen.

Ich lächle Manuel an, seine blonden Haare stehen ab, er scheint plötzlich viel älter zu sein, dabei ist er erst zehn. Ich frage ihn, ob er bei mir schlafen möchte, er schüttelt den Kopf.

Meine Finger tun weh, sagt er.

Ich betrachte seine Hand, die Fingerknöchel sind gerötet.

Übel, sage ich.

Er zuckt mit den Schultern und sagt, dass er noch immer Hunger hat. Ich muss lachen.

Okay, ich bring dich rüber, und dann mach ich dir ein Brot.

Wir öffnen die Tür und schleichen in sein Zimmer. Der Schlüssel steckt von innen.

Kannst du mich einschließen, fragt Manuel.

Ja, sage ich, und vielleicht ziehst du ein Paar Socken an.

Manuel geht hinein und gibt mir den Schlüssel. Ich schließe ab und schleiche die Treppe hinunter, unten höre ich keine Geräusche. Auf der Arbeitsplatte in der Küche steht ein Teller mit einem dick gestrichenen Nutellabrot, unangetastet. Ich nehme den Teller, dann kommt meine Mutter herein, sie fragt mich, was ich mache.

Ich sage, dass ich Manuel etwas zu essen bringe.

Warum musste er das jetzt machen, flüstert sie. Was ihr heute getan habt, wird alles schwerer machen, wer weiß, was morgen passiert.

Wir haben uns nur gewehrt, sage ich.

Sie sagt, dass Manuel noch Zähne putzen soll, wenn er gegessen hat. Ich lasse sie im Flur stehen und schleiche die

Treppe hoch zu Manuels Zimmer, ich öffne die Tür und reiche ihm sein Brot. Manuel strahlt, er fragt, was Mama gesagt hat.

Sie wünscht dir eine gute Nacht.

Ich lege meine Hand auf seine Schulter, schlaf gut, sage ich.

Dann schließe ich die Tür, drehe den Schlüssel im Schloss und gehe zurück in mein Zimmer. Im Bett fällt mir auf, dass nur dreiundvierzig Minuten vergangen sind, ich ziehe meine Socken wieder aus, sie sind feucht, meine Zehen sind schrumplig.

Nach solchen Szenen wusste ich oft nicht, ob ich meinem Gedächtnis trauen konnte. Wir standen auf und fanden wieder in eine Ordnung zurück, gingen zur Arbeit und zur Schule. Wir warfen uns nichts vor und wir verhandelten nichts.

Holz

In meinem roten Fotoalbum klebt vorne auf der ersten Seite ein Holzabfuhrschein. Auf ihn ist die Nummer achtundvierzig gestempelt, datiert auf den Tag meiner Geburt, und der Preis für das Holz, hundert Mark.

Meine Mutter sagt, dein Vater hat sich so gefreut, dass er gleich Holz gekauft hat, damit du nicht frierst. Ich wurde um 13.10 Uhr geboren, mein Vater musste sich beeilt haben, um den Förster noch zu erwischen.

Auf den Bildern bin ich dünn und bläulich, ich trage gelbe Strampler aus Frottee. Ich stelle mir vor, wie meine Mutter mich im Arm hielt. Von meinem Bruder gibt es dieses Polaroid aus dem Krankenhaus, aber auf dem ersten Foto in meinem Album bin ich schon fast eine Woche alt. Jahrelang frage ich mich, ob ich adoptiert bin, dann sagen mir irgendwann alle, ich würde wie meine Mutter aussehen.

Baumhaus

Mein Vater biegt in unsere Straße ein, erst höre ich das Geräusch, die Reifen auf dem geschotterten Weg, dann sehe ich den Wagen, eine kleine Staubwolke, mein Vater parkt in der Einfahrt, der Motor läuft noch, während er aussteigt. Es ist Nachmittag, er kommt aus der Firma, meine Mutter ist noch nicht zu Hause. Ich lasse meine Beine baumeln, mein Vater kann mich nicht sehen hier oben, es ist Sommer, und der Baum hat große Blätter, die ihn von unten geschlossen erscheinen lassen. Ich bin unsichtbar, wenn ich hier sitze. Mein Vater öffnet das Tor und dreht sich wieder um, er läuft langsam, seine Arme hängen seltsam herab, der Kopf geneigt, noch mehr als sonst.

Er steigt wieder ein und fährt in die Garage. Ich spüre mein Herz schlagen, klettere die Leiter herunter und gehe zu ihm.

Er nickt mich nur an, hallo Teresa, sagt er, sein Atem schwer. Ich weiß sofort, es wird kein guter Abend.

Senna stirbt

Meine Mutter räumt die Spülmaschine ein, vier Teller mit Soßenresten und Besteck, sie wäscht die Salatschüssel von Hand ab. Mein Vater sitzt im Wohnzimmer auf dem Sessel und hat den Fernseher an, er sagt, wir sollen leise sein. Die Reifen der Rennwagen rauschen, wir hören sie in der Küche.

Ich gehe ins Wohnzimmer und setze mich neben meinen Vater auf den Boden, ich lehne mich gegen den kalten Heizkörper. Mein Vater ist konzentriert, er schaut nur manchmal zu mir herüber, seine Hände liegen auf den Armlehnen. Ich mag den blaugrünen Wagen von Michael Schumacher, ich weiß, zu welchem Rennteam er gehört.

Als ein Wagen links in die Mauer fährt, schaue ich gerade in die andere Richtung. Mein Vater steht auf und geht einen Schritt auf den Fernseher zu, er stellt die Hände in die Seiten.

Wer ist es, frage ich.

Senna, sagt er.

Ich sehe den blauweißen Wagen, zerbeult, Autoteile fallen auf die Strecke, dann rennt ein Team aus orange angezogenen Menschen zu ihm, sie wedeln hektisch mit großen

Flaggen, Autos kommen dazu, man sieht den gelben Helm zur Seite geneigt im Rennwagen. Irgendwann stehen so viele Menschen herum, dass man nichts mehr erkennen kann, ein Helikopter landet auf der Rennstrecke, sie heben Senna auf der Trage hinein.

Mein Vater geht in die Küche und holt sich etwas zu trinken, für einen Moment bin ich alleine im Zimmer, dann kommt er wieder zurück.

Und jetzt machen die weiter, sagt er und stellt sein Bier auf dem Tisch ab, er setzt sich wieder und lehnt sich unruhig nach vorne. Wir schauen das ganze Rennen zusammen an und sprechen kaum, Schumacher gewinnt.

Bei der Tagesschau ist es das erste Thema. Mein Vater sitzt im Sessel, ich stehe daneben. Die Sprecherin liest ab, sie berichten von schweren Kopfverletzungen und Herztod. Dann zeigen sie eine Wiederholung des Unfalls. Mein Vater nimmt meine Hand, ich drehe mich zu ihm hin, Tränen laufen ihm über das Gesicht. Im Fernsehen tragen sie Senna noch mal in den Hubschrauber. Ich weine auch.

Chlor

Es ist immer Bewegung im Becken, auch wenn niemand schwimmt. Kleine Wassermengen schwappen in den seitlichen Abfluss. Meine Füße stehen auf dem Gitter aus weißem Kunststoff, die Zehen schon nass. Gegenüber die Liegen für die Sonntagsgäste, zwei Blumenkübel mit braunen Granulatkügelchen, die knirschen, wenn man sie aneinander reibt. In jedem Kübel drei Palmen, die in verschiedene Richtungen schauen, Stoffpalmen. Dahinter hat der Sohn des Bademeisters einen Sonnenuntergang in Rottönen gemalt. Die Liegen stehen jeden Montag an einer anderen Stelle, vor den Palmen, an der Wand, häufig sind sie aufeinandergestapelt. Einmal hat jemand ein Handtuch auf ihnen vergessen, Beach Club Palma stand darauf. Wir Mädchen stritten darum, wer es bekommen würde, aber der Bademeister hat es in seine Kiste gelegt, zu einem Paar hellblauen Flossen, die uns allen zu klein sind.

Wir springen in Dreierreihen ins Becken, Anna und Melanie und ich. Wir wärmen uns auf, sechs Bahnen Brust, zwei Bahnen Rücken. Wir sind fast so schnell wie die Jungs. Melanie hat einen neuen Badeanzug, der sie noch schöner macht. Tobias lässt uns tauchen, er wirft Ringe ins Becken, wir sammeln sie unter Wasser auf und stülpen sie über unsere Hände wie Armreifen, wir zählen sie, wenn wir aufgetaucht sind.

Mit sechs Jahren war ich die Jüngste im Schwimmbad, meine Mutter hatte mich für das Seepferdchen angemeldet. Bei der Abschlussprüfung musste ich eine ganze Bahn schwimmen. Ich hatte Angst vor dem Tauchen. Ich wartete nicht, bis der Ring ganz auf dem Boden ankam, ich tauchte früher unter und erwischte den Ring, bevor er den Boden berührte. Nach dem Abtrocknen bekam ich meine Urkunde und von meiner Mutter ein Eis. Sie las mir vor: *Sprung vom Beckenrand und 25 m Schwimmen. Heraufholen eines Gegenstandes mit den Händen aus schultertiefem Wasser.* Ich fühlte mich unehrlich. Mein Abzeichen hat nie jemand an einen Badeanzug genäht. Auf dem Foto, das die Schwimmlehrerin von uns machte, bin ich einen Kopf kleiner als die anderen.

Wir üben das Bergen von Ertrinkenden mit Puppen. Unsere Rettungspuppen sind orange und haben keine Beine, sie wiegen so viel wie ein kleines Kind, ihre Haut ist glatt, ihr Blick gleichgültig. Wir lernen, dass echte Menschen sich oft wehren, wenn man sie rettet, dass Ertrinkende für Rettungsschwimmer gefährlich sein können, wenn sie in Panik geraten und andere Menschen im Wasser umklammern. Meine Puppe wehrt sich nicht, sie lässt sich von mir durch das Wasser ziehen. Beim Dehnen lehnen die Puppen an der Bank und schauen uns zu.

Die Mädchen und die Jungs duschen getrennt. Ich gehe in eine Einzelkabine oder lasse den Badeanzug an. Manchmal verwende ich kein Shampoo, weil ich den Chlorgeruch mag. Melanie schäumt sich die Haare ein, bis dicke Tropfen herunterfallen. Meine Haare sind lang, ich muss dreimal ein Zehn-Pfennig-Stück in den Haartrockner werfen. Beim Kämmen sind meine Arme schwer.

Das Schwimmbad ist elf Kilometer von unserem Dorf entfernt, Annas Mutter und meine Mutter wechseln sich mit dem Fahren ab. Bei Annas Mutter gibt es Kekse im Auto oder sie bringt uns zwei Bananen mit, damit wir den Hunger noch aushalten bis zum Abendessen. Meine Mutter fragt uns, was wir gemacht haben, sie will wissen, wie gut wir tauchen können und wie lange wir bei Brust durchhalten. Mein Vater fragt mich nie nach dem Schwimmen, wenn ich ein Abzeichen oder eine Kopie mit Rettungstechniken auf den Küchentisch lege, legt er die Zeitung darüber.

Am See

Ich erkenne den Hof schon vom Kreisverkehr aus, drei Gebäude, das Haupthaus, ein Geräteschuppen und der große Kuhstall. Ich bücke mich nach meinen Stoffschuhen und ziehe sie an.

Das Haus ist frisch gestrichen worden, sagt meine Mutter.

Mein Vater parkt das Auto, wir steigen aus und bleiben einen Moment lang nebeneinander stehen.

Ein kleines braunhaariges Mädchen sitzt im Sandkasten auf der Wiese und schaut zu uns herüber. Emmy kommt aus dem Haupthaus gelaufen, sie trägt eine karierte Schürze mit Mehlspuren, wischt ihre Hände daran ab, sie nimmt meine Mutter in den Arm und gibt meinem Vater die Hand. Sie betrachtet uns genau und sagt, wir seien groß geworden, riesig.

Wie alt seid ihr jetzt bloß, fragt sie.

Dreizehn, sage ich, und Manuel ist elf.

Wie zum Beweis schiebt Manuel sein Oberteil an den Armen zurück und zeigt auf seine Muskeln. Emmy lacht und sagt, dass Peter ihn jetzt gut beim Mähen gebrauchen kann, mein Vater lacht auch. Es ist unser dritter Sommer bei den Langers.

Meine Mutter und ich räumen die Sachen in den oberen Stock, eine große Sporttasche, ein Lederkoffer, ein Wäschekorb mit Lebensmitteln. Im Kinderzimmer belagere ich gleich das obere Bett, bevor Manuel auf die gleiche Idee kommt. Wer oben liegt, hat das Sagen.

Das Zimmer ist klein, ein Stockbett, ein Schrank, ein Tisch und nur ein Hocker davor, braune Vorhänge, gegenüber dem Bett ein Ölgemälde von einem Schäfer mit zwei Schafen in einem Holzrahmen.

Meine Mutter setzt Wasser auf für einen Kaffee, sie fragt meinen Vater, ob er auch einen will, aber er möchte gleich ins Dorf und zieht sich die Schuhe wieder an, Manuel geht mit. Meine Mutter schüttet Instantkaffeepulver in eine weiße Tasse und gießt das Wasser darüber. Wir sitzen am Küchentisch und schauen auf den Hof.

Was machen wir heute noch, frage ich.

Meine Mutter trinkt einen Schluck aus der Tasse.

Heute nicht mehr viel, sagt sie.

Peter fährt mit dem Traktor in den Hof, Manuel rennt ihm hinterher, dann geht die Tür des Traktors auf und Manuel verschwindet. Peter winkt zu uns hoch, meine Mutter winkt zurück. Mein Vater ist nicht zu sehen.

Auf einem Block der Milchgenossenschaft Ammersee schreibe ich ein Gedicht über einen Vogel, der am Balkongeländer sitzt. Es reimt sich. In dem Gedicht erzählt mir der Vogel, dass er den Weg nach Süden sucht, und ich kann ihm nicht sagen, wo Süden liegt.

Was machst du, fragt meine Mutter.

In der Nacht höre ich eine Kuh, sie ist lauter als die anderen. Ich nehme mir vor, sie am nächsten Tag zu suchen.

Manuel weckt mich früh und will aufs Feld. Er rennt in die Küche und sucht Gegenstände zusammen, sein Fernglas, einen Naturkundeführer, die Wasserpistole. Meine Mutter sagt, er soll trotzdem noch kurz frühstücken, sie schmiert ihm ein Marmeladenbrot und stellt ihm eine Tasse Tee hin, ich setze mich an den Tisch. Manuel zieht sich in der Küche an und wirft seinen Schlafanzug einfach auf den Boden, dann ruft er etwas aus dem Fenster.

Sei nicht so laut, sagt meine Mutter, dein Vater schläft noch.

Peter winkt von unten aus dem Traktor, diesmal hängt der gelbe Mäher hinten dran. Mein Bruder klemmt sich das Brot zwischen die Lippen, dann zieht er seine Hose hoch.

Und Zähne putzen, sagt meine Mutter, aber Manuel ist schon weg, er rennt mit den Sachen und der Jacke über dem Arm aus der Wohnung.

Wann kommt er wieder, frage ich.

Ich nehme an, heute Nachmittag, sagt meine Mutter. Sie schenkt sich einen Schluck Kaffee nach und sagt, dass sie jetzt auf den Markt gehen will.

Ich bleibe hier, sage ich.

Sie nickt und dann verschwindet sie im Badezimmer, kurze Zeit später höre ich sie im Flur, sie streckt nur kurz den Kopf zu mir rein, dann geht sie los.

Ich räume Manuels Sachen vom Boden auf und setze mich mit meinem Buch auf den Balkon. Im Hof sehe ich meine Mutter, sie trägt ein kurzes blaues Kleid mit Trägern und spricht mit Emmy, sie stellt den Korb auf dem Boden ab, dann lachen sie, Emmy berührt sie dabei am Arm. Meine Mutter nimmt den Korb und geht am Gemüsegarten vorbei zu unserem Auto.

Irgendwann steht mein Vater auf, er nickt mir mit halb geschlossenen Augen von der Balkontür aus zu, ich höre, wie er auf dem Herd Wasser aufsetzt.

Später finde ich einen Zettel von ihm, er schreibt, er geht spazieren und will am Abend zurück sein. Ich betrachte seine gerade Handschrift, die Buchstaben stehen wie kleine Wolkenkratzer nebeneinander.

Diese Momente, in denen mir seine Spur verloren geht. Als wäre er auf einmal nicht mehr dabei gewesen. Dann plötzlich steht er im Zentrum von allem und nichts kann ohne Bezug zu ihm sein.

Im Kuhstall der Langers leben über fünfzig Kühe, Milchvieh, und noch mal vierzig kleine, Jungvieh. Sie haben Boxen für sechs Kälber, ich habe schon zwei Kälbergeburten miterlebt. Bei der letzten hat uns Peter in der Nacht geweckt, wir haben uns schnell unsere Jacken über die Schlafanzüge gezogen, sind in unsere Gummistiefel geschlüpft und in den Kuhstall gerannt. Für die Geburt gibt es einen abgetrennten Bereich, mit viel Stroh und Platz, damit das Kalb nicht erdrückt wird. Direkt daneben steht die Melkmaschine, in ihr können fünf Kühe auf einmal gemolken werden. Ich helfe gern beim Melken. Ich kann die Euter der Kühe mit dem weichen Lappen aus Leder abwischen, bevor die Maschine angeschlossen wird. Ich kann die abgepumpte Milch für die Kälber im Eimer zu ihnen hinübertragen. Ich kann das Radio bedienen. Ich kann den aufgeregten Kühen die Hinterbeine streicheln, damit sie sich beruhigen. Das Fell der Kühe fühlt sich kratzig an, zwischen den Augen hat es Wirbel, an den Nasen sind die Kühe ganz weich. Ich schaue ihnen tief in die Augen. Manche schauen zurück. Ich habe in jedem Sommer eine Lieblingskuh.

Der See ist wärmer, als wir dachten. Ich trage den lilafarbenen Badeanzug, auf den eine Schwimmerin mit weit ausgebreiteten Armen gedruckt ist. Mein Bruder spielt Kapitän mit seiner Luftmatratze, ich schwimme in großen Zügen durch den See. Ich mag das Gefühl an den Beinen, wenn es wärmer und dann wieder kälter wird.

Meine Mutter steht bis zu den Knien im Wasser, sie trägt einen Bikini und einen großen Sonnenhut. Mein Vater sitzt auf der Strandmatte. Er ist angezogen, als könnte er jederzeit loslaufen, ohne uns, ich weiß nicht, ob er überhaupt Badesachen in den Urlaub mitgenommen hat. Die Beine aufgestellt und die Ellenbogen aufgestützt, schaut er in meine Richtung, er trägt seine Sonnenbrille, und etwas sagt mir, dass er an mir vorbeisieht, vielleicht an die Stelle, wo der See und der Himmel sich treffen. Als ich ihm winke, winkt er nicht zurück.

Nachmittags gehe ich allein in den Stall. Die vielen Kühe machen fast keine Geräusche. Ich setze mich vor die Futtertröge und beobachte eine schwarze Kuh beim Fressen. Sie trägt ein gelbes Plastikschild am Ohr, Nummer fünfhundertzwölf. Ihre lange Zunge schlingt sich um die Halme, die vor ihr liegen, sie kaut andächtig. Ich mag den Geruch von Stroh, Fell und Gras.

Im Restaurant des Dorfes essen wir Schnitzel mit Pommes frites. Mein Bruder will zwei Päckchen Ketchup und eine Cola, meine Mutter sagt, Fanta hat kein Koffein, sie will nicht, dass wir laut sind. Mein Vater grüßt die Kellnerin, sie kommt manchmal zu den Langers und trinkt dann mit Emmy einen Kaffee auf der Bank vor dem Haus. Sie fährt ein schnelles schwarzes Auto. Am Nebentisch sitzt eine blonde Familie mit zwei Jungen, sie sehen aus, als kämen sie aus dem Norden. Unter ihrem Tisch liegt ein hellbrauner Hund und leckt sich die Pfoten, der kleinere der Jungen füttert ihn heimlich mit seinem Essen.

Mein Bruder sagt, dass er schaukeln will, er rennt zu der Spielecke unter dem großen Sonnenschirm und spricht mit einem Mädchen, das auf der Mauer sitzt. Sie trägt ein rotes Kleid mit einem Heißluftballon darauf. Meine Mutter hat nur die Hälfte ihres Essens geschafft, auf dem Teller sind noch Bratkartoffeln und ein kleines Stück Fleisch. In Restaurants kommt sie mir oft so vor, als würde sie sich unwohl fühlen. Mein Vater spricht nicht viel, er trägt seine Sonnenbrille, wenn die Kellnerin vorbeiläuft, lächelt er sie an. Ich sehe abwechselnd zu meiner Mutter und zu meinem Vater, ich würde gerne aufstehen und zu Manuel gehen, aber etwas hält mich davon ab. Heute bewundere ich ihn manchmal dafür, dass er weggehen konnte. Sie mit sich allein lassen. Meine Mutter fragt, ob wir noch nach München fahren wollen. Am Bierglas meines Vaters laufen kleine Wassertropfen herunter.

Manuel und ich fahren mit den Langers zur Schlachterei. Wir nehmen die Enten mit, die hinter dem Stall am kleinen Fluss gehalten werden, in einem kleinen Häuschen aus Holz mit einem Steg, über den sie zum Wasser laufen können. Peter holt kleine Holzkäfige aus dem Schuppen und setzt die Enten hinein, sie schlagen mit den Flügeln und schnattern, zwei laufen davon, wir müssen sie einfangen. Wir stellen die Käfige auf den Anhänger an Emmys Auto.

In der Schlachterei begrüßt uns ein Mann mit hellen Augen, er scheint die Langers gut zu kennen. Peter und er holen einen Holzklotz, der aussieht wie der Spaltblock meines Großvaters. An der Oberfläche klebt eine Schicht getrocknete braune Farbe. Emmy sagt, wir sollen nicht dabei sein, wir sollen in der Küche helfen, sie zeigt uns den Weg.

Ihr könnt später mit mir zupfen, sagt sie.

Wir stehen an einem tiefen Metalltisch und schauen uns um, die Wände sind gefliest, ein Schlauch hängt an der Wand, daneben ein Gefäß mit heißem Wasser, in der Mitte ein Abfluss, der Fußboden aus einem rutschfesten Material. Nach etwa einer Viertelstunde trägt der Mann mit den hellen Augen eine Plastikwanne herein, in der drei Enten liegen, sie haben keine Köpfe mehr und aus ihrem Hals läuft Blut. Es lässt mich seltsam kalt. Der Mann legt sie in das heiße Wasser, im Raum verbreitet sich sofort ein widerlicher Geruch. Irgendwann kommt eine Frau dazu, sie nimmt die Enten heraus und trägt sie in das Nebenzimmer, wir hören, wie sie eine Maschine bedient, dann kommt sie zurück, die Enten haben jetzt fast keine Federn mehr. Emmy zieht sich Gummihandschuhe an und eine dicke Plastikschürze, sie hält eine Ente mit dem Hals nach unten und zupft die restlichen Federn heraus, sie zeigt uns, wie es geht. Mein Bruder zieht sich auch Handschuhe an, sie sind ihm an den Fingern zu lang.

Ich schaue lieber zu, sage ich.

Emmy lächelt mich an und nickt.

Ich höre, wie draußen gehackt wird, und gehe hinaus, ich schließe die Tür hinter mir. Auf dem Vorhof steht Peter am Spaltblock, er hält mit der linken Hand eine Ente fest, dann holt er mit der Axt aus und schlägt zu. Der Kopf der Ente fällt auf der einen Seite herunter, neben dem Kopf liegen andere Köpfe. Der Körper der Ente rutscht vom Klotz, ihre Füße bewegen sich weiter, dann kippt sie um. Peter hebt sie auf und setzt sie kopfüber in die Plastikwanne. Er dreht sich um und sieht mich an, er wischt sich mit dem rechten Oberarm den Schweiß vom Gesicht.

Möchtest du das sehen, fragt er mich. Ich zucke mit den Schultern.

Ich gehe zurück in die Küche, ziehe mir Handschuhe an und helfe mit. Wenn die Federn draußen sind, müssen die Kiele mit einer Pinzette aus der Haut entfernt werden, das geht schwer und bald schon tun mir die Finger weh. Die Frau kommt wieder zu uns, sie schneidet die Enten mit einem großen Messer an der Unterseite auf und nimmt sie aus, ich drehe meinen Kopf weg. Emmy wäscht die Enten ab und schichtet sie in die Kühlboxen. Ich stehe neben einer Metallschüssel mit kleinen braunen Organen, und dann wird mir doch schlecht, ich versuche es vor den anderen zu verbergen.

Wir waschen unsere Hände an der Spüle und gehen hinaus. Peter schenkt mir eine schöne Entenfeder, über die ich mich nicht freuen kann, aber ich bedanke mich trotzdem. Emmy und Peter tragen die Kühlboxen zum Auto.

Als wir an der Ausfahrt abbiegen, sagt Manuel, dass er schwimmen gehen will, wenn es später noch hell ist.

Ich drehe mich um und betrachte die Schlachterei aus

dem Rückfenster, sie ist klein, neben ihr eine lange Reihe alter Bäume. Der leere Anhänger hüpft über die steinige Straße.

An einem Abend liege ich mit Manuel am See.

Jetzt komm ich bald in die Sechste, sagt er. Er freut sich darüber, dass Tobi weg ist, den er nicht leiden kann, und erzählt mir von seinem Plan, nach der Schule Bauer zu werden. Ich muss lachen, er nimmt seinen Arm hoch und boxt mich in die Seite, er fragt mich, was ich werden will.

Ich weiß es nicht, vielleicht Krankenschwester, sage ich.

Du könntest auch Ärztin werden, sagt er.

Er pflückt einen Grashalm und versucht, ihn sich zwischen Nase und Oberlippe zu klemmen, dann zieht er eine Schnute.

Am besten arbeitest du bei mir im Stall, sagt er.

Ich boxe ihn zurück. Die Sonne geht bald unter, die ersten Grillen zirpen schon.

Wir steigen nach dem Melken die Treppen zur Ferienwohnung hinauf. Es riecht nach Bier, mein Vater sitzt mit glasigen Augen am Küchentisch, er erwidert meinen Blick nicht.

Wo ist Mama, frage ich.

Die geht noch kurz Brot kaufen, fürs Abendessen, sagt er.

Ich decke den Tisch. Mein Vater liest die Zeitung. Manuel will mir nicht helfen, ich sage, dass es mich nervt, alles allein zu machen. Mein Vater sagt, dass wir die Klappe halten sollen. Meine Mutter kommt herein, sie lächelt kurz und zieht sich den Pulli aus, sie wäscht sich die Hände im

Spülbecken und erzählt, dass sie morgen mit Emmy Bohnen eindünsten will.

Mein Vater steht auf, er schwankt, er öffnet sich noch ein Bier. Meine Mutter betrachtet ihn ernst, dann nimmt sie ein Brettchen und schneidet hektisch das Brot in Scheiben. Sie schließt die Balkontür.

Dass unsere Sommer bei den Langers die schönsten für sie gewesen waren, sagte meine Mutter später immer. Ich habe lange darüber nachgedacht, warum das so war. Aber es musste an Emmy gelegen haben. Emmy, die meine Mutter immer über uns alle hinweg angesehen hatte, die nicht viel sprach und deren Blick trotzdem, so scheint es mir heute, alles erfasste.

An unserem letzten Abend sitzen wir gemeinsam vor dem Haus. Peter spielt Akkordeon und singt bayerische Lieder dazu. Die meisten sind fröhlich, aber ein paar sind sehr traurig. Mein Vater hat viel getrunken, er schaut abwechselnd auf den Boden und dann wieder zu Peter, sein Lächeln kommt mir nicht richtig vor. Meine Mutter macht ein besorgtes Gesicht. Emmy nimmt mich an der Hand. Sie sagt, sie hat noch Hunger, und fragt mich, ob wir noch einen Kaiserschmarrn machen wollen.

Peter lacht, jetzt noch, sagt er, es ist fast zehn.

Das mach ich noch für die Kinder, sagt Emmy, morgen sind sie weg.

Mein Vater lacht auch und schaut Peter komplizenhaft an. Wir gehen hinein, ich kann sehen, dass meine Mutter mitgehen will, aber ich habe keine Lust, sie zu fragen.

Ich lehne an der Arbeitsplatte und schaue Emmy zu,

wie sie Eier, Milch und Mehl verrührt. Sie gießt den Teig in die Pfanne, wartet und zerteilt ihn dann mit zwei Holzlöffeln, sie wendet die Stücke.

Ich freu mich, wenn ihr nächstes Jahr wiederkommt, sagt sie.

Sie nimmt mich in den Arm. Wir richten den Kaiserschmarrn auf einer Platte an, streuen Puderzucker darüber und tragen ihn mit einer Handvoll Gabeln hinaus.

Das Packen geht schnell, mein Vater steht am Kofferraum und räumt alles ein. Manuel hat immer noch seine schmutzigen Stallschuhe an, mein Vater bemerkt es gar nicht. Emmy verabschiedet sich von uns, sie hat einen Termin, Peter ist auf dem Feld. Ich will noch kurz zum Fluss runter, mein Vater sagt, ich soll schnell machen.

Ich laufe am Stall vorbei, hinunter zum Entenhaus. Es ist jetzt unbewohnt, nur ein paar Federn liegen noch herum, Flaum. Das Wasser treibt ruhig dahin. Ich stelle mir vor, wie im Frühjahr die neuen Küken ankommen. Zurück gehe ich durch den Stall, zwei Kühe schauen mich an, die anderen machen Mittagsruhe. Die fünfhundertzwölf sieht mich nicht. Ich laufe zurück zum Auto, die Sonne steht schon hoch.

Kaugummi

Meine Mutter und ich legen im Esszimmer Wäsche zusammen, mein Vater steht neben uns, er trinkt eine Tasse Kaffee und schaut aus dem Fenster. Es ist Samstagnachmittag, sein Auto muss in die Werkstatt.

Nimmst du Manuel auch mit, fragt meine Mutter.

Mein Vater schüttelt den Kopf, nein, sagt er, nur Teresa.

Im Auto sitze ich vorne, mein Vater kaut Kaugummi und klopft rhythmisch auf das Lenkrad. Meine Hände liegen auf dem samtigen Bezug. Im Radio gibt der Sprecher die Halbzeitergebnisse des Tages durch. Unterwegs sehe ich einen Mähdrescher, er bewegt sich wie ein riesiger starrer Krebs über das Feld.

Mein Vater parkt vor dem Metalltor, neben uns stehen schon zwei Autos, die nach fremder Kundschaft aussehen, ein weißer Kombi, den ich nicht kenne, und ein blauer Sportwagen. Wir gehen durch die schwere Tür ins Innere, Werner kommt uns entgegen, er trägt einen weißen Ganzkörperanzug und feste Schuhe mit Farbspritzern, er klopft meinem Vater auf die Schulter und lächelt mich an.

Kommt rein, sagt er.

Wir folgen ihm ins Büro der Werkstatt, durch die Glasscheibe kann man in die Halle sehen, ein Auto ist aufgebockt, ein Arbeiter steht darunter und schraubt etwas fest. Auf dem Tisch liegen Notizzettel und Rechnungen, mehrere leere Zigarettenschachteln, eine Spardose aus Porzellan in der Form eines Formel-1-Wagens, daneben ein Stapel Comics.

Werner zieht eine Getränkekiste in die Mitte des Raums, er reicht mir eine Flasche Apfelsaft und legt ein Kissen auf die Kiste. Setz dich, sagt er zu mir, dann zündet er sich eine Zigarette an und nimmt ein Blatt Papier in die Hand, also, sagt er, der Keilriemen. Er schreibt etwas auf das Papier.

Ölwechsel mach ich selber, sagt mein Vater und öffnet eine Bierflasche mit einem Schraubenschlüssel. Er lehnt sich am Schreibtisch an und trinkt, schaut dabei an die Decke.

Ich stelle ihn mir vor, wie er in dieser Zeit ausgesehen hat, die schwarzen Haare an den Seiten etwas länger, er trägt eine helle Jeans, die unten leicht ausgestellt ist, ein roter Strickpullover, dazu die weißen Turnschuhe von Adidas.

Dann kommt Bernd herein, er gibt uns allen die Hand, nimmt sich ein Bier und setzt sich auf die Getränkekiste neben mir, er streckt seine langen Beine aus und erzählt davon, dass er gerade seinen Vorgarten umbaut. Mein Vater schaut mich an, alles gut, fragt er, ich nicke. Durch die Scheibe sehe ich, dass das blaue Auto in die Halle gefahren kommt, der Arbeiter lotst es in eine Lücke. Wir beobachten, wie eine junge Frau aus dem Auto steigt. Der Arbeiter zeigt auf das Büro, die Frau geht in unsere Richtung. Sie trägt ein graues Oberteil und enge Jeans, eine Handtasche aus

Leder, sie hat langes, offenes Haar. Als sie hereintritt, schaut sie sich um und lächelt in die Runde, ihr Blick bleibt für einen Moment an meinem Vater hängen. Werner geht auf sie zu und gibt ihr die Hand, sie besprechen, was an ihrem Wagen gemacht werden muss. Während Werner den Stift vom Ohr nimmt und ein Auftragsformular ausfüllt, dreht die Frau sich um und lächelt meinen Vater an. Er lehnt sich an die Wand und lächelt zurück.

Bernd stellt seine leere Bierflasche in die Kiste, steht auf und geht, also, sagt er, macht es gut. Werner und die Frau verlassen das Büro, er bringt sie zur Tür und kommt nach wenigen Minuten zu uns zurück.

So, sagt er, jetzt seid ihr endlich dran, fahr den Wagen rein.

Mein Vater nimmt den Autoschlüssel und geht in die Halle. Ich sehe ihm nach, dann nehme ich mir einen Comic vom Stapel.

Irgendwann klopft mein Vater an die Scheibe, er sagt, dass wir jetzt loskönnen. Ich stehe auf und gehe mit ihm zum Wagen. Beim Einsteigen winke ich Werner zu, der gerade in die Lackiererei geht, mein Vater hupt zweimal und wir fahren durch das Tor.

Auf dem Weg nach Hause reicht er mir einen Kaugummi und legt eine Kassette von den Eagles ein. Der Mähdrescher ist inzwischen auf der anderen Seite angekommen, das Feld sieht aus wie eine große weiche Decke, es leuchtet gelb in der Abendsonne.

Tomaten

Mein Großvater gräbt die Löcher, ich bringe ihm die Setzlinge, halte sie in die Mitte, dann schaufeln wir Erde um sie herum. Ich zähle die Setzlinge, es sind genau zwanzig, wir arbeiten zwei Reihen durch, dann drücke ich die Erde noch mal fest. Mein Großvater gießt die Pflanzen an.

Ich stelle mir vor, wie die Tomaten wachsen, wie es Sommer ist, wie ich sie von den Zweigen pflücke und hineinbeiße, wie warm sie dann sein werden.

Ich setze mich auf das Holzbrett zwischen den Beeten und schaue in den Himmel, Vögel ziehen vorbei, weit entfernt das Geräusch eines Traktors.

Vorhin war ich im Weinberg, sagt mein Großvater, der macht sich, der Winter war gut.

Ich betrachte sein rundes Gesicht, die schmalen Hände, seinen kahlen Kopf. Ich weiß, dass er schon wie ein Großvater aussah, als er selbst nur Vater war, auch auf seinem Hochzeitsfoto sieht er nicht viel anders aus. Bis heute kann ich zwischen ihm und meinem Vater kaum Gemeinsamkeiten erkennen.

Kommt ihr heute zum Abendessen rüber, frage ich.

Torbole

An der Autoscheibe laufen lange Tropfen herunter. Dahinter eine grüne Wiese, ein anderes Grün als bei uns zu Hause, heller, ein stärkeres Grün. Wir warten in der Schlange, vor uns zwei Motorradfahrer mit großen Gepäckrollen. Die Ampel steht lange auf Rot, daneben das Schild, Gotthardtunnel, und eine Längenangabe, fast so weit wie von unserem Dorf in die nächste Stadt. Dann schaltet die Ampel auf Grün. Mein Vater fährt an und beschleunigt, Manuel neben mir schläft noch unter seiner Decke. Meine Mutter hat den Kopf an die Autoscheibe gelehnt, ich kann nicht sehen, ob ihre Augen geschlossen sind. Es läuft leise Musik, mein Vater summt mit. Im Tunnel formen die Lichter eine einzige Linie mit dickeren Punkten, immer wieder flackern sie auf. Mir ist kalt, ich ziehe die Decke über mich.

Bist du wach, fragt mein Vater und schaut in den Rückspiegel.

Ja, sage ich.

Im Auto riecht es nach Brezeln und Kaugummi.

Nach dem Tunnel tragen die Orte schon ein O in ihrem Namen und das Grün ist wieder blasser. Ich schließe immer wieder die Augen. Das Glänzen von Wasser und Tau auf Autos, manchmal eine Familie, die uns langsam überholt, Mädchen schlafen auf den Rücksitzen und lehnen ihre Köpfe an Kissen. Dann fährt mein Vater ab, meine Mutter ist wach, sie schüttelt ihre blonden Locken mit beiden Händen auf und wirft einen Blick in ihren Handspiegel. Draußen strecken wir uns aus, es ist noch kühl. Mit den Fingern kann ich feine Linien auf dem Autolack ziehen. Manuel schläft weiter.

Mein Vater und ich gehen in den kleinen Kaffeeladen neben der grünen Tankstelle. Er bestellt für mich ein Glas Orangensaft und für sich einen doppelten Espresso. Wir sitzen auf zwei Barhockern an einem Metalltisch, er schüttet Zucker aus einem länglichen Tütchen in die Tasse und rührt mit einem kleinen Löffel, dann nimmt er seine Sonnenbrille von der Stirn und legt sie auf dem Tisch ab.

Er schaut mich direkt an, was denkst du, sagt er, wir sind doch gut durchgekommen. Ich nicke.

Albertos Pension ist ein halbrundes rotes Gebäude, wir haben eine Ferienwohnung im zweiten Stock, der Aufzug ruckelt. Vom Balkon kann man den Pool sehen, er hat die Form eines Rechtecks mit zwei Halbkreisen an den Seiten.

Mein Bruder stellt sich eine Klappliege auf und schaut uns beim Auspacken zu, meine Mutter und ich müssen lachen. Mein Vater schlägt vor, eine Pizza essen zu gehen.

Die Speisekarte ist zweisprachig, ich murmle die italienischen Worte leise vor mich hin, Manuel und ich teilen uns eine Margherita. Meine Mutter trinkt einen Weißwein, ich freue mich darüber und weiß nicht, warum.

An die Wand der Pizzeria sind umgestürzte Säulen gemalt, davor hängen Pflanzen in Kübeln, es läuft Eros Ramazzotti. Wenn ich aufstehe, kann ich durch das Fenster den See sehen. Die Pizza ist knusprig und schmeckt nach Tomate, mein Bruder schneidet seinen Rand ab und schiebt ihn auf meine Seite des Tellers.

Wollt ihr noch was von meiner, fragt meine Mutter.

Ich ess doch keinen Schinken mehr, sage ich.

Manuel und ich schlafen auf einer Liege im Wohnzimmer, die man aus einem Schrank klappen kann, der Boden ist mit einem braungelben Blumenmuster gefliest. Durch das Fliegengitter sieht man ein paar Palmen. Manuel zieht sich aus und springt mit der Unterhose unter die Decke, ich ziehe mein Nachthemd im Bad an.

Am Morgen weckt mich mein Vater und fragt mich, ob ich mit zum Einkaufen komme. Er lächelt und hat schon einen Stoffbeutel bei sich. Ich ziehe mir schnell eine kurze Hose an. Mein Vater will die Treppe nehmen. Auf der Straße laufen wir einen schmalen Gehweg entlang, an manchen Stellen passen wir nicht nebeneinander durch, dann gehe ich vor. Der Laden ist klein, Holzregale mit Nudeln und Soßen in verschiedenen Größen, in grünen Plastikkisten gibt es Obst und längliche Tomaten. Wir kaufen Brot und Eier, Oliven und grüne Peperoni. Die Verkäuferin spricht Deutsch mit uns, ich sage ciao.

Wir frühstücken auf dem Balkon und schauen runter auf den Pool, mein Bruder zersägt sein Ei, als wäre es ein Baumstamm. Ich schlage meine Beine übereinander und schaukle mit dem Fuß. Ich mag meine Sandalen nicht, sie sind vom letzten Jahr, eine lila Blüte sitzt auf dem Steg, der über die Zehen geht.

Ich will neue Schuhe, sage ich.

Jetzt sind wir doch gerade erst angekommen, sagt meine Mutter.

Am Vormittag geht mein Vater mit mir zu den Surfschulen am See. Alberto sagt, wir sollen beide anschauen und fragen, ob sie noch Plätze haben.

Die erste liegt unter schattigen Bäumen. In einem offenen Bauwagen sitzen zwei braun gebrannte Männer mit Sonnenbrillen und eine Frau in einem weißen Oberteil, durch das man ihren Bikini sehen kann. Sie lächelt meinen Vater an und fragt auf Deutsch, ob sie uns helfen kann. Mein Vater sagt ihr, dass ich surfen lernen will, sie lacht und er lacht auch, ich würde am liebsten wieder gehen. Sie fragt nach meiner Erfahrung, ich möchte sagen, dass ich keine habe, aber mein Vater sagt schnell, dass ich schon in Deutschland gesurft bin.

Wie alt bist du, fragt mich die Frau.

Einer der beiden Männer schaut mich über seine Sonnenbrille hinweg an, es ist ein Blick, der mir unangenehm ist.

Vierzehn, sage ich.

Der Mann sagt, dass sie einen Kurs geben, der übermorgen beginnt, für Fortgeschrittene. Ich sage, dass ich es mir überlege, und ziehe meinen Vater weg.

Die zweite Surfschule ist eine kleine Holzhütte unten an der Flussmündung, an einer fest gespannten Leine hängen kleine Anzüge, daneben lehnen Bretter und Segel. Ein hagerer Mann kommt heraus, buongiorno, sagt er, er raucht eine selbst gedrehte Zigarette und hat ungekämmtes Haar. Ich sage, dass ich gern einen Surfkurs bei ihm machen will.

Bene, sagt er, du kannst morgen kommen.

Er verschwindet in der Hütte und kommt mit einem großen Buch wieder, in das er mit unterschiedlichen Stiften Namen eingetragen hat.

Bist du schon gesurft, fragt er.

Ein bisschen, sage ich.

Gut, sagt er, ich schau, was du kannst.

Er gibt mir die Hand, ich bin Francesco.

Ich sage, dass ich Teresa heiße.

Mein Vater füllt ein Formular aus. Wir nehmen ein Prospekt mit und gehen zurück zur Pension.

Meine Mutter und mein Bruder liegen unten am Pool.

Und, fragt sie.

Ich fange morgen an, sage ich.

Ich setze mich unter einen Baum und lese das Prospekt, es ist auf Deutsch, viele Wörter sind kleingeschrieben, die eigentlich groß sein müssten, und bei manchen Sätzen kann ich mir nicht vorstellen, dass das jemand so sagen würde. Auf einem Bild sieht man Francesco vor der Hütte stehen, er lehnt sich an ein schmales Board. Ich löse den Bändel meiner Tasche auf der einen Seite und mache den Palstek, wie ich es gelernt habe: Eine Schlinge als See, das Krokodil kommt heraus, rennt um den Baum und springt wieder rein. Ich ziehe ihn fest zu.

Manuel und ich schwimmen im Pool, wir drehen uns vom Bauch auf den Rücken, wir tauchen nach Steinen, die wir vorher hineingeworfen haben, wir spielen toter Mann, wir machen Wettschwimmen, die ich gewinne, manchmal gebe ich ihm Vorsprung. Meine Mutter schaut uns vom Beckenrand aus zu, sie hat die Beine ins Wasser gehängt. Mein Vater sitzt auf der Wiese in einem Liegestuhl, ich gehe zu ihm und frage, ob er nicht mit uns schwimmen will. Er nimmt seine Brille ab und schaut mir ins Gesicht, dann schüttelt er den Kopf und sagt, frag nicht immer.

Im Pool lernen wir einen Jungen kennen, David, er ist so alt wie ich und unsere Mütter mögen sich gleich. David hat einen kleinen Bruder, ein Baby, es krabbelt über die Wiese Richtung Wasser, wir passen alle zusammen auf, dass es nicht hineinfällt. Meine Mutter blättert in ihrem Buch, aber sie liest nicht richtig, sie schaut zu uns und zum Baby und wechselt auf ihrer Liege ständig die Position. Es schwimmen auch zwei Mädchen im Pool, Freundinnen, sie tragen Bikinis in ähnlichen Farben. Wenn ich vorbeischwimme, reden sie lauter, trotzdem kann ich nicht verstehen, um was es geht. Sobald ich vorbeigeschwommen bin, kichern sie.

Am ersten Tag lässt mich Francesco auf dem Surfbrett hüpfen, um mein Gleichgewicht im Wasser zu prüfen. Er beobachtet mich, nickt und gibt mir ein kleineres Brett. Es sind noch vier andere im Kurs, alle sind älter als ich. Eine junge Frau wird von ihrem Freund gebracht, sie küssen sich lange beim Abschied. Francesco erklärt uns, wie wir das Segel herausnehmen und in Position bringen müssen. Zwei fallen vom Brett, weil sie das mit der Windrichtung nicht verstehen. Ich ziehe mein Segel hoch und hole es nah heran, der Wind treibt es an, ich fahre, das Wasser plätschert am Heck.

Der kürzeste Weg von der Surfschule zu Albertos Pension geht durch den Campingplatz. Am dritten Tag treffe ich Martina, die mit David befreundet ist. Martinas Eltern wohnen in einem Campingwagen, den ich mir von innen ansehen darf. Sie haben einen Herd und einen Fernseher.

Ich war noch nie auf einem Campingplatz, sage ich.

Nicht mal zelten, fragt Martina.

Nur im Garten, sage ich und lache.

Martina trägt eine Handtasche und fragt mich, ob wir noch ins Café gehen.

Ohne deine Eltern, frage ich.

Sie lacht und nimmt mich am Arm. Das Café ist um die Ecke vom kleinen Supermarkt, davor stehen gelbe Plastikstühle und rote Sonnenschirme, die an den Seiten schon verblichen sind. Martina spricht Italienisch und bestellt sich einen Kaffee. Ich trinke einen Saft.

Sie lehnt sich zu mir vor und fragt, wie ich David finde. Ich bin irritiert von der Frage.

Ich weiß nicht, sage ich, er kommt mir irgendwie so jung vor.

Meine Mutter ist besorgt, als ich zurückkomme.

Wo warst du denn, gehst du jetzt alleine ins Café?

Manchmal schon, sage ich.

Meine Eltern denken, dass Martina und ich Freundinnen sind, aber ich mag Martina nicht besonders, es ist mir unangenehm, wie sie spricht, schnell und in südschwäbischem Dialekt, sie dehnt die Wörter und macht hektische Bewegungen dabei. Sie schaut die Kellner über ihre Sonnenbrille an, manchmal öffnet sie ihre Beine, wenn wir im

Café sitzen und ein Mann vorbeigeht. Manchmal macht sie das auch bei Manuel, aber ich glaube, er merkt es nicht.

Dein Bruder wird mal süß, sagt sie.

Martina hat keine Geschwister.

Ich hab dich beim Surfen gesehen, sagt mein Vater am Nachmittag, du bist gut.

Martinas Vater arbeitet in einer Firma, die die Firma meines Vaters beliefert. Unsere Eltern verabreden sich zum Essen, wir fahren am Abend in ein Bergdorf. Dort gibt es das beste Steak am Gardasee, sagt Martinas Vater. Das Restaurant liegt an einem Hang, es gibt Tische mit Aussicht auf der Terrasse. Unseren Müttern ist es zu kühl, wir sitzen drinnen.

Martina sagt auf Italienisch, was sie essen möchte, meinen Eltern ist es unangenehm, dass sie auf Deutsch bestellen, aber der Kellner scheint das nicht zu merken, er notiert unsere Bestellung auf einem kleinen Block und schaut nicht auf.

Alle essen Steak, außer mir, ich bestelle Nudeln mit Gemüse. Die Mutter von Martina fragt mich, warum ich kein Fleisch esse, obwohl das so gesund ist.

Ich will sagen, dass wegen mir kein Tier sterben soll, aber ich antworte, dass es mir nicht schmeckt.

Nach dem Essen bestellen Martinas Eltern noch einen Schnaps und viel Nachtisch, meine Eltern schließen sich zögerlich an. Mein Vater ist betrunken, ich denke an die Heimfahrt. Martinas Vater erzählt von seiner Stelle, die Autoindustrie, sagt er, ist eine sichere Sache.

Die geben ja mit ihrem Geld ganz schön an, sagt mein Vater im Auto. Wir fahren hinter ihnen den Berg hinunter. Martinas Eltern wollen noch Wein abholen, sie biegen irgendwann rechts ab. Meine Mutter bittet meinen Vater, langsamer zu fahren. Er sagt, er fährt, wie er will. An einer Kreuzung fragt er, aus welcher Richtung wir gekommen sind, meine Mutter zeigt nach links. Mein Vater biegt ein, hinter der Kurve ist eine Baustelle, die Straße ist verriegelt.

Das war falsch, sagt er und schlägt mit der Faust auf das Lenkrad.

Meine Hände zittern. Er fährt schnell rückwärts, wir sind nah am Abhang, ich habe Angst, dass die Hinterräder in der Luft hängen oder wir über die Klippe fallen. Mein Vater dreht um, die Reifen quietschen, ihr seid alle zu nichts zu gebrauchen, ruft er, dann fährt er zurück auf die Straße, nimmt die andere Abbiegung und gibt Gas. Das Auto wird immer schneller, meine Mutter stellt ihre Füße auf den Sitz und sagt laut, dass er anhalten soll. Mein Bruder fängt an zu weinen, mir laufen Tränen die Wangen hinunter. Mein Vater schweigt, er beschleunigt immer mehr. Wir fahren minutenlang die Serpentinen hinunter, an jeder Kurve denke ich, dass wir es nicht schaffen und über den Hang und durch die Luft fliegen werden, dass wir auf etwas Hartem landen werden, einem Stück Felsen, und dass unser Auto darauf zerschellen wird. Ich kann nicht richtig atmen. Ich nehme Manuels Hand, schau nicht nach vorne, sage ich.

An der Pension parkt mein Vater das Auto und geht wortlos hinein. Oben klappen wir leise unser Bett aus. Beim Zähneputzen nimmt uns unsere Mutter lange in den Arm.

In der Nacht wache ich immer wieder auf, Manuel atmet schwer, seine Beine zucken. Ich stehe auf und öffne die Balkontür, der Mond scheint über mir, der Garten ist still.

Am nächsten Morgen gehe ich auf meinem Weg zur Surfschule an Martinas Campingwagen vorbei.

Das war doch schön gestern, sagt ihre Mutter, sie hängt Bikinis auf einer Wäscheleine auf. Martina ist in der Stadt.

Francesco streicht mir über den Kopf, als ich ankomme, er fragt, wie es mir geht. Ich weiß gar nicht, was ich antworten soll, keine Ahnung, sage ich, gut.

Er schüttelt den Kopf, das weiß man doch, sagt er.

Am Nachmittag höre ich, wie sich mein Vater im Bad übergibt, ich sitze am Küchentisch und blättere in einer italienischen Fernsehzeitung. Manuel schwimmt im Pool. Meine Mutter kommt in die Küche und macht ein besorgtes Gesicht. Sie setzt sich neben mich und schenkt sich einen Kaffee ein, trinkt einen Schluck, dann steht sie auf und geht mit der Tasse auf den Balkon, sie winkt nach unten. Mein Vater ruft ihren Namen, sie geht zu ihm ins Bad, ich folge ihr. Er kniet mit blutverschmiertem Mund vor der Kloschüssel.

Fahr mich ins Krankenhaus, sagt er.

Später spielen Manuel und ich Karten auf der Wiese am Pool. Albertos Frau kommt zu uns und tippt mir auf die Schulter, sie teilt mir mit den Händen mit, dass ich ihr folgen soll. Ich gehe hinter ihr her bis zum Eingang der Pension. Sie deutet auf den Telefonhörer auf der Schreibtischunterlage.

Ich nehme den Hörer und sage meinen Namen.

Meine Mutter sagt, dass es noch dauert und wir schon zum Abendessen gehen sollen, sie erklärt mir, wo ich noch Geld finde. Ich frage sie, was los ist. Sie zögert etwas, dann sagt sie, es sei ein Magengeschwür und dass er auf jeden Fall vorerst im Krankenhaus bleiben muss. Dann fragt sie, ob sie ihm gute Besserung von uns ausrichten soll.

Ja, sage ich.

Manuel und ich holen uns eine Pizza und setzen uns im Apartment auf das Sofa.

Meinst du, er wird wieder gesund, fragt er.

Am nächsten Morgen frühstücken wir auf dem Balkon, es gibt Kiwis und meine Mutter presst Orangen für uns aus. Wir lassen das Geschirr stehen und stellen unsere Füße auf das Geländer. Ich freue mich auf den Tag. Meine Mutter liest die Zeitung, ich lese mein Buch, Manuel hat die Augen geschlossen und lächelt in die Sonne, für einen Zwölfjährigen sieht er dabei irgendwie erwachsen aus.

Meine Mutter stellt ihre Beine wieder auf den Boden und beugt sich über die Zeitung.

Prinzessin Diana ist gestorben, sagt sie.

Wann, frage ich.

Autounfall, in Paris.

Lies mal vor, sage ich.

Meine Mutter liest aufgeregt, über ihre Schulter sehe ich ein Foto von einem völlig zerstörten Auto und daneben eines von der Prinzessin in Schwarzweiß. Ich sehe, wie die Hand meiner Mutter zittert, sie legt die Zeitung hin und sieht mich an, sie hat Tränen im Gesicht. Ich nehme sie in den Arm.

Es ist ja nichts passiert, sage ich.

Mein Vater trägt ein weißes Oberteil, an seiner Hand steckt eine Infusionsnadel. Er sagt, das alles kommt nur vom Aspirin und davon, dass er sich so aufregen muss. Der Arzt sagt, er muss mindestens fünf Tage bleiben. Wir kaufen Zeitschriften im kleinen Kiosk unten und bringen sie ihm hoch. Mein Vater diktiert meiner Mutter eine Liste mit Sachen, die er noch braucht, sie notiert alles. Ich betrachte ihn dabei, er kommt mir wie ein Fremder vor.

Auf dem Parkplatz scheint die Sonne, unser Auto steht neben einer großen Palme im Schatten. Meine Mutter fährt zurück, ich sitze vorne.

Ich denke an das Gefühl, das ich hatte, als wir ihn im Krankenhaus ließen. Wie erleichternd es war, wenn ich morgens die Tür in das Elternschlafzimmer öffnete und er nicht im Bett lag. Und wie unvermeidbar mir das schien, wie etwas, das wir zu akzeptieren hatten. Als wären wir auf eine Weise immer schon zu dritt gewesen in diesen Sommern.

Am vorletzten Tag meines Kurses nimmt Francesco vier Anfänger auf. Sie üben das Hüpfen auf dem Brett, einer fällt immer um, die anderen lernen, wie man ein Segel bespannt. Francesco sagt, dass ich es heute allein versuchen soll, weil er bei den Neuen bleiben muss. Er sagt, ich soll immer den Wind beobachten.

Die Sonne auf dem See ist schön, ich blinzle, meine

Hände am Gabelbaum, das Segel flattert manchmal. Als ich mich umdrehe, ist das Ufer weiter entfernt als sonst. Die Anfänger stehen am Strand, ich sehe Francesco nicht. Mein Brett ist schnell, ich muss umkehren, denke ich. Ich versuche eine Wende, aber das Segel fällt mir ins Wasser. Ich ziehe es hoch, der Wind zerrt daran, es fühlt sich schwerer an, es ist anstrengend, die Balance zu halten. Ich versuche die Wende noch einmal, meine Hände fassen schnell um, rechts über links, ich setze den Fuß vor, aber das Segel biegt sich weg. Ich falle vom Brett. Meine Ohren unter Wasser, das Rauschen, ich tauche wieder auf. Ich ziehe mich auf das Brett und sehe Richtung Ufer, die Flagge der Surfschule weit entfernt.

Ich muss zurück, denke ich. Ich stelle mich wieder hin und versuche noch mal, das Segel aufzurichten, meine Hände zittern, aber der Wind drückt es um, ich falle wieder. Diesmal ist das Rauschen lauter oder vielleicht kommt es mir nur so vor. Ich ziehe mich auf das Brett und zurre das Segel über mich, ich versuche zu paddeln, ich denke, so kann es gehen. Die Wellen werden stärker, ich komme nicht voran, meine Augen werden feucht. Ich komm nicht heraus aus diesem See, denke ich.

Ich schiebe das Segel ins Wasser und lege mich mit dem Rücken aufs Brett, meine Finger sind kalt. Ich schaue in den Himmel, ich sehe Wolken und die Umrisse von Bergen. Ich wische meine Tränen mit dem Handrücken ab und denke an meine Eltern, daran, wie sie beide fast ertrunken wären.

Francesco ruft meinen Namen und winkt aus dem Motorboot. Ich hebe meinen Arm, ich atme auf und spüre dabei die Erschöpfung am ganzen Körper. Als er bei mir ankommt, reicht er mir die Hand und zieht mich ins Boot, er befestigt mein Brett mit einer Leine.

Alles gut, fragt er und rubbelt mir den Rücken.

Alles gut, sage ich.

In der Holzhütte der Surfschule stellt jemand einen ungesüßten Tee vor mir ab. Die Wärme ist schön, das Kribbeln in meinen Fingern verschwindet, ich werde ganz ruhig.

Als meine Mutter mich abholt, sage ich nichts, ich laufe an der Strandpromenade neben ihr her. Übermorgen fahren wir, sagt sie, als ob ich das nicht wüsste. Sie zählt mir auf, was sie wegen des Transports meines Vaters noch organisieren muss. Ich denke an den Nachmittag, der vor mir liegt, Manuel und ich, und heute Abend mit den anderen am Strand.

Ich küsse David unter einem Baum am See, als die anderen gerade etwas zu trinken holen, sie sagen, sie holen Bier, aber sie kommen mit Limonade wieder, weil sie keine Ausweise haben. Ich bin erleichtert, ich will kein Bier probieren. David hat mich den ganzen Abend angesehen, Martina hat einen älteren Jungen vom Campingplatz mitgebracht, er hat dunkle Haare und ich bekomme weiche Knie, wenn ich ihn sehe.

Ich küsse David, weil es der vorletzte Abend ist und weil ich wissen will, wie es sich anfühlt. Seine Lippen sind weich, in meinem Bauch plätschert es.

Am nächsten Tag gibt es kaum Wind, ich bin froh darüber und surfe in Ufernähe. Francesco nimmt mich zum Abschied in den Arm, Signorina, nennt er mich. Er sagt, dass ich mich immer wieder aufs Brett stellen soll.

Wir fahren den ganzen Weg vom Gardasee bis nach Hause hinter dem Krankenwagen her, in dem mein Vater liegt. Weil meine Mutter seit Tagen völlig übermüdet ist, sitzt eine Frau vom ADAC am Steuer, Manuel beobachtet alles, was sie tut. Meine Mutter schaut aus dem Fenster. Ich habe Davids Telefonnummer, aber ich weiß schon, dass ich ihn nicht anrufen werde.

Als wir Rast machen, betrachte ich unser Auto von außen, ich stelle mir vor, was die anderen Familien von uns denken. Der weiße Lack glänzt in der Sonne und vom Dach winken die Fahrräder, die wir nicht benutzt haben, als wollten sie uns an etwas erinnern.

Samstag

Ich wache auf, der Hahn unserer Nachbarin muss schon gekräht haben, aber ich habe fest geschlafen. Im Wohnzimmer sitzt Manuel und liest eine Zeitschrift, er lacht mich wegen der Katzen auf meinem Nachthemd aus. Meine Mutter sagt, dass wir leise sein sollen, ihr Gesicht ist farblos, sie sieht angestrengt aus. Wir machen Frühstück in der Küche, ich schneide Brot und stelle Marmeladengläser auf den Tisch, meine Mutter kocht Kaffee und Eier. Ich mag das kühle Gefühl an den Füßen, wenn ich über die Fliesen gehe. Ich stelle vier Teller auf den Tisch, jeder hat seinen festen Platz, mein Vater sitzt am Kopfende.

Soll ich ihn holen, frage ich.

Meine Mutter schüttelt den Kopf. Sie streicht sich Butter und Erdbeermarmelade auf ihr Brot. Ich zerteile meines in kleine Stücke und tunke es in die Aprikosenmarmelade auf meinem Teller.

Wie dein Vater, sagt sie.

Nach dem Frühstück decke ich den Tisch ab, ich lasse das unbenutzte Geschirr meines Vaters stehen. Meine Mutter verteilt die Aufgaben, die wir erledigen müssen: Badezimmer putzen, Garten aufräumen, Wäsche zusammenlegen.

Was ist mit Papa, fragt Manuel.

Ich sage doch, dass er noch schläft, sagt meine Mutter, sie steht wütend auf und verlässt den Raum.

Ich stelle die Zahnputzbecher auf den Boden und verteile die Scheuermilch im Waschbecken, mit der gelben Schwämmchenseite nach unten putze ich das Becken und den Wasserhahn. Im Radio läuft ein Lied von Eurythmics, ich singe mit. Als ich die Dusche putze, kommt mein Vater ins Bad.

Guten Morgen, sage ich.

Er schaut mich mit eigenartig leerem Gesicht an, blass und gleichzeitig gerötet, er hat blaue Augenringe, und da ist wieder dieser Geruch, den ich fast nicht mehr ertrage, säuerlich, nach Schweiß und abgestandener Milch.

Ich frage ihn, ob er duschen will. Er nickt nur.

Während mein Vater im Badezimmer ist, gehe ich ins Schlafzimmer meiner Eltern, die Bettdecke ist noch zerwühlt, ich ziehe den Rollladen hoch. Meine Mutter kommt herein, sie nimmt sich etwas aus dem Kleiderschrank, sie vermeidet meinen Blick.

Ich öffne das Fenster und lehne mich hinaus, stütze die Ellenbogen auf den Rahmen. Auf den Wiesen ist noch niemand, der Bach rauscht. Von irgendwoher höre ich einen Rasenmäher, es kommt mir vor, als würde er piepsen.

Diese Morgen vermischen sich zu einem einzigen Bild. Mein Vater, wie er ganz ruhig den Tag beginnt, nicht ausgeglichen, aber stabil. Nie schrie er am Beginn des Tages, er ging mit vorsichtigen Schritten, manchmal etwas Weiches in seinem Gesicht. Als hätte sich erst danach etwas verändert, als führten erst der Mittag und der Nachmittag in eine andere Richtung, und an jedem Morgen hätte es die Möglichkeit zu einem anderen Verlauf der Geschichte gegeben, die ich schreibe.

Schule

Julia verteilt Einladungen auf dem Pausenhof. Sie wird vierzehn und ihre Eltern erlauben ihr, die ganze Klasse einzuladen, sie sagt, es soll auch eine Cocktailbar geben, natürlich ohne Alkohol. Melanie und die anderen stehen in einer Traube um sie herum, sie kichern und rufen nach mir. Ich stelle mich zu ihnen. Julia fragt mich, ob ich auch komme, ihr Blick hat etwas Strenges, als hätte ich mir eine Ausrede überlegt, dabei habe ich gar nichts gesagt.

Klar komm ich, sage ich.

Mit einem in blaues Papier eingeschlagenen Buch stehe ich vor der Tür und klingle, drinnen höre ich schon Musik. Julia öffnet und nimmt mich in den Arm, sie ist geschminkt, Rouge und rosa Lippenstift.

Happy Birthday, sage ich.

Sie zieht mich zum Buffet, das vor allem aus Popcorn besteht. Die Mädchen wollen tanzen, aber ich setze mich mit einem Orangensaft aufs Sofa. Jori setzt sich zu mir, er hat kurze braune Haare und trägt eine runde Brille.

Du bist aus Finnland oder so, frage ich.

Oslo, sagt er.

Dann kommt Moritz dazu. Er wohnt in meiner Straße und manchmal besuche ich ihn nach der Schule.

Wollt ihr was trinken, fragt er.

Wir gehen vor das Haus, unter einer dichten Hecke hat Moritz eine Flasche Rum versteckt, wir schütten etwas davon in unsere Becher. Jori erzählt von einem Film, den er gesehen hat, es geht um einen Mann, der die Welt retten soll, und es spielt im Weltraum. Die beiden diskutieren über die Details, eine bestimmte Einstellung, warum der Song am Ende kitschig ist oder doch nicht und welche Schauspielerin sie am hübschesten finden. Ich räuspere mich, nehme eine Zigarette aus meiner Tasche und zünde sie an.

Du rauchst, sagt Moritz.

Ja, wollt ihr auch eine, frage ich.

Wir rauchen vor uns hin, Jori muss immer wieder husten und dann lachen Moritz und ich.

Julia kommt heraus, sie schaut mich irritiert an. Ich drücke meine Zigarette mit den Fingern am Boden aus und werfe sie in die Mülltonne. Julia zieht mich hinein, sag mal, fragt sie, redest du jetzt den ganzen Abend mit denen?

Im Wohnzimmer tanzen Melanie und Philipp, sie sind seit Kurzem zusammen, ich finde, sie sind ein seltsames Paar. Es tanzen auch ein paar andere. Dann setzt sich Moritz wieder zu mir, das ist alles so furchtbar banal hier, sagt er.

Als die Musik wechselt, tanze ich auch, der Raum dreht sich um mich, ich denke, dass das der Alkohol sein muss. Julia nimmt mich an der Hand, so, wie es Manuel früher getan hat.

Irgendwann sind nur noch wenige da, um elf sind die meisten abgeholt worden, Moritz liegt auf dem Sofa und schläft. Ich wecke ihn und sage, dass wir nach Hause gehen müssen, dass der Bus kommt. Jori begleitet uns zur Haltestelle, er sagt, er hat Kopfschmerzen und dass Alkohol nichts für ihn ist. Er verabschiedet sich von uns und läuft nach Hause. Im Bus lehnt sich Moritz an die Scheibe. Vor uns sitzt ein Punk und grinst uns an. Im Dorf steigen wir aus und laufen in unsere Straße.

Bis bald, sagt Moritz.

Zimmer

Diesmal soll das Bett unter das Dachfenster. Ich schiebe meinen Schaukelstuhl in die Ecke und dann das Bett quer durch das Zimmer, es ist schwer, es quietscht, aber es geht.

Ich sortiere die Dinge aus, die auf der Kommode liegen, kleine Steine und Muscheln, die ich irgendwann mal bekommen habe, Postkarten von Schulfreundinnen, ich lege alles in eine Schachtel. Dann ordne ich meine Bücher, das habe ich überhaupt noch nie getan. Ich stelle meine Schuhe neben die Zimmertüre, wo ich sie sehen kann, und hänge meine Taschen darüber.

Ich lege mich wieder auf mein Bett und schaue mich um, alles sieht völlig verändert aus. Etwas in mir bleibt stehen.

Geburtstag

Meine Mutter und ich decken am Vormittag den Tisch ein, Kürbisse und Zweige von Buchsbaum und dazu hellrote Kastanienblätter, kleine Kerzen in Gläschen. Ich falte Stoffservietten und lege Gabeln und Messer und Dessertlöffel auf. Wir stellen Gläser auf die Tische und überprüfen, ob alle Getränke im Kühlschrank sind, der Gemeindemitarbeiter gibt uns den Schlüssel zum Saal. Wir gehen noch einmal an den Reihen entlang, stellen die Menükarten auf, die wir gebastelt haben.

Am Abend sind etwa vierzig Gäste da, ich sitze in einem grünen Kleid gegenüber von Tante Grete, sie fragt mich, wie es in der Schule läuft und ob ich noch schwimme, sie sagt, die roten Haare würden mir gut stehen.

Meine Mutter hält eine kleine Rede, sie bedankt sich für die Geschenke und sagt, sie freut sich, dass alle da sind, sie ist nervös, sie spricht nicht gern vor vielen Menschen. Ich beobachte meinen Vater, der am Ende des Raums sitzt, mit einem Glas Rotwein, das er hastig austrinkt und sich dann ein neues einschenkt.

Am Buffet rede ich mit meiner Cousine Leonie, sie geht jetzt auf die Uni und erzählt mir, wie es ist, in einer WG zu leben. Mein Vater steht zwei Plätze vor uns in der Reihe, ich sehe, dass er schwankt. Leonie sagt, dass in der WG immer jemand vorbeikommt, es ist so cool, sagt sie.

Am Tisch fragt mich Tante Grete, ob ich immer noch kein Fleisch esse, sie erzählt mir, wie meine Oma als Kind immer nur Früchte essen wollte.

Vielleicht kommst du nach ihr, sagt sie.

Ich drehe mich zu meinen Eltern um, mein Vater schneidet sein Essen ungelenk, er schaut konzentriert auf den Teller, in seinem Gesicht entgleist etwas.

Heute frage ich mich, ob jemand im Raum war, der das Gleiche sah wie ich. Oder ob wirklich niemand unter den Gästen unser Auseinanderfallen vorhersah.

Nach dem Essen bittet mich meine Mutter in die Küche. Ich folge ihr durch den Flur bis zu einer großen Metallspüle.

Er geht jetzt heim, sagt sie.

Ich frage, was wir den anderen sagen sollen.

Kopfschmerzen, sagt sie, und dass ich mit Manuel sprechen soll. Als ich aus der Küche trete, sehe ich, wie mein Vater im Flur den Autoschlüssel aus dem Jackett nimmt.

Kann er noch fahren, frage ich.

Die paar Meter, sagt sie.

Ich löffle Mousse au Chocolat aus einem Schälchen. Leonie fragt mich, ob ich später auch studieren will. Ich sage, dass meine Eltern finden, ich soll eine Ausbildung machen.

Leonie rührt in ihrem Nachtisch, sie lässt den Satz einfach so stehen, sagt nichts dazu, dann schaut sie mich mit einem Blick an, der mich wütend macht, als wäre ich nicht wie sie, als würde uns etwas unterscheiden und sie würde genau wissen, was es ist.

Und, wo hast du dein Kleid gekauft, frage ich.

Als alle nach Hause gegangen sind, räumen wir die Tischdeko in große Plastikkisten. Moritz' Mutter hilft uns, sie und meine Mutter treffen sich jetzt manchmal, aber ich weiß nicht, ob sie sich überhaupt richtig unterhalten. Sie parkt ihren Kombi mit dem Kofferraum in Richtung Gemeindesaal. Manuel und ich tragen die Kisten zum Auto. Meine Mutter kommt heraus, wir können los, sagt sie.

Zu Hause liegt mein Vater schon im Bett, die Schlafzimmertür steht offen. Er trägt noch immer seinen Anzug, die schwarzen Schuhe liegen neben ihm, meine Mutter schleicht sich hinein und stellt die Schuhe in den Flur. In meinem Zimmer hänge ich das grüne Kleid auf einen Bügel.

Raspeln

Mein Bruder zieht mich am Arm auf den Anhänger, er wischt sich über das Gesicht, eine rote Spur über seiner Wange. Er drückt den großen Knopf, die Raspelmaschine springt an, ich will ihn fragen, wo mein Eimer ist, aber das Geräusch verschluckt meine Stimme, ich muss lauter sprechen. Mein Großvater reicht mir von unten einen Eimer. Hat er mich gehört? Ich drücke den Eimer tief in den großen Bottich hinein und schütte die Trauben gleichmäßig über die sich drehende Rolle, sie zischt, sie saugt, sie zieht die Trauben mit sich, dann ein Fließen, ein Tropfen in den Bottich unter ihr, ein kleiner roter Wasserfall. Auf der Seite spuckt die Maschine die kleinen Äste aus, sie stapeln sich in der Schubkarre. Der Anhänger wackelt, Großvater steigt zu uns auf den Wagen, er prüft, ob alles richtig steht, er klettert wieder hinab. Dann ein heller Ton, ein Spritzen, mein Großvater wäscht mit dem Gartenschlauch die Eimer, er baut eine Pyramide, daneben spült meine Mutter die Scheren ab, mit einer Bürste, so leise, als hätte ihr jemand den Ton abgestellt. Ich drehe mich wieder um, fülle meinen Eimer, schütte Trauben in die Raspel, Manuel und ich im Wechsel. Etwas klopft, ich drehe mich um, es ist unsere Großmutter, sie schlägt mit dem Gehstock auf den Hänger.

Was ist, ruft Manuel.

Essen ist fertig, ruft sie.

Manuel nickt, ich drehe mich wieder um, wische mir mit dem rechten Ärmel über das Gesicht. Er sagt etwas zu mir, was ich nicht verstehe, ich blicke ihn fragend an.

Schau, ruft er, wir schaffen es auch allein.

Ich nicke.

Ruhe

Ich liege auf dem Rücken, mein Bett unter dem Dachfenster, der Himmel blau und nur durchzogen von zwei Linien, Stromleitungen. Ich würde gerne eine rauchen, aber ich lasse es sein. Von draußen höre ich, wie der Wagen meiner Mutter wegfährt, vielleicht holt sie Manuel ab. Es läuft Musik, die Platte, nach der Jori neuerdings süchtig ist, und ich denke, dass ich nie wieder etwas anderes so mögen werde, you can crush it, but it's always near.

Mein Vater klopft an die Tür, ich habe abgeschlossen.

Ja, sage ich, ich komme.

Ich stehe auf und öffne, er tritt herein, mit glasigem Blick, er macht grobe Bewegungen. Er lehnt sich gegen meinen Schrank und sagt, ich soll leise machen, er braucht Ruhe.

Ich drehe die Lautstärke herunter, dann geht er raus. Ich lege mich zurück ins Bett und schaue wieder in den Himmel, zähle die Vögel, die über das Haus fliegen. Bei sieben stehe ich auf und mache die Musik wieder lauter.

Mein Vater kommt zurück, er steht schon an meinem Bett, bevor ich richtig aufstehen kann, er packt mich an meinem T-Shirt und zieht mich hoch, er wirft mich auf den Boden.

Ich schreie und versuche aufzustehen, aber er beugt sich über mich und brüllt mich an, seine Stimme überschlägt sich, manchmal trifft mich ein Tropfen Spucke. Ich versuche, mich herauszuwinden, und schlage um mich, ich treffe ihn an der Schulter. Er weicht kurz zurück, dann zerrt er mich wieder hoch, er schüttelt mich und wirft mich wieder zu Boden, ich spüre einen Tritt, in der Mitte meines Körpers, und noch einen, ich höre mich selbst rufen, ein lautes Nein, und dann spüre ich noch einen Tritt. Am Zimmerende nehme ich Konturen wahr, es könnte meine Mutter sein, aber dann fällt mir ein, dass außer uns niemand im Haus ist. Dann noch ein Tritt. Zwischen meinen Ohren, zwischen meinen Wirbeln, zwischen meinen Lungenflügeln, ein Gefühl wie ein Dröhnen, her green plastic watering can.

Ich bleibe auf dem Boden liegen, ich kann fühlen, wie meine Schläfe das Holz berührt, es fühlt sich warm an. Ich weiß nicht, wie lange ich so bleibe, es kommt mir vor, als wäre ein halber Tag vergangen, als ich aufstehe. Meine Knie schmerzen, ich setze mich auf das Bett, dann spüre ich das Brennen und ziehe mein T-Shirt nach oben, auf meiner rechten Körperseite zwei rote Kreise, die Haut aufgeraut. Ich laufe ins Bad und hänge meinen Kopf unter den Hahn, das Wasser fließt mir über das Gesicht und hinter den Ohren hinunter, es durchnässt mein Oberteil. Ich gehe wieder in mein Zimmer und schließe mich ein, ich hole die Zigaretten aus der Sockenschublade und setze mich vor den Spiegel. Ich beobachte mich, wie ich die Zigarette zwischen die Lippen klemme und anzünde, wie ich daran ziehe, als würde der Rauch meinen ganzen Körper füllen können, in alle leeren Stellen kriechen. Ich kämme mir die nassen Haare mit den Fingern und schaue in den Spiegel, als müsste ich mich versichern, dass ich noch da bin, mich nicht aufgelöst habe. Ich rauche noch eine und dann noch eine, die Tränen laufen auf meine Zigaretten und über meine Hände. Die Musik hört nicht auf, sometimes you sulk, sometimes you burn.

Was ich immer noch sehe: das Gesicht meines Vaters, seine Haut so braun, als könnte ich nicht seine Tochter sein, an manchen Stellen fast rot, durchfurcht. Schwarzes, kurzes Haar, das sich nicht bändigen lässt, von Wirbeln durchzogen, graue Strähnen, und trotzdem diese kleinen Augen in tiefem Blau.

Die Bewegungen meines Vaters: immer ein wenig zu grob, die Hände für alles zu groß, eine Ungelenkheit, ein schiefer Tanz mit den Gegenständen.

Die Stimme meines Vaters: Würde ich sie sofort erkennen, wenn er mich noch einmal anrufen könnte?

Bis heute kann ich nicht ohne Furcht über Ähnlichkeit nachdenken.

Drei Wochen

Wir sitzen nach dem Abendessen am Tisch, meine Mutter hat gekocht, die Teller sind leer, in der Schüssel liegen noch ein paar Kartoffeln. Ich sage, dass es sehr gut geschmeckt hat. Mein Vater sagt nichts, ich schaue ihn auffordernd an.

Und dir, frage ich, hat es dir auch geschmeckt.

Er zuckt mit den Schultern.

Du bist so ungerecht, sage ich.

Mein Vater schaut überrascht, dann beugt er sich zu mir herüber, seine Augen zwei schmale Striche, er fragt mich, ob ich Ärger will, ich kann seinen säuerlichen Atem riechen. Ich sage, dass er mir auf die Nerven geht.

Jetzt ist gut, sagt meine Mutter, ihre Augen sind starr auf mich gerichtet. Sie beginnt hektisch das Geschirr zu stapeln und in die Küche zu tragen, mein Vater folgt ihr. Sie beginnen ein lautes Gespräch, Manuel schaut mich über den Tisch hinweg an.

Was ist, frage ich.

Manuel sagt nichts. Ich gehe zur Küche und bleibe an der offenen Tür stehen. Mein Vater beginnt zu schreien, dieses Mädchen, sagt er, die ist unmöglich geworden, sie macht, was sie will.

Meine Mutter sagt, er soll mich in Ruhe lassen, dass ich meinen eigenen Kopf habe. Mein Vater ruft, ich sei respektlos und würde ganz und gar nicht in diese Familie passen, sie ist verwildert, sagt er, ein verwildertes Mädchen. Ich stehe da und höre zu, ich kann nichts sagen, ich bin wie eine dünne Folie, die am Türrahmen klebt. Meine Hände beginnen zu zittern, ich nehme die große Glasschüssel von der Arbeitsplatte und werfe sie auf den Küchenboden, ein klirrendes Geräusch, und dann fliegen viele kleine Scherben durch den Raum. Meine Eltern drehen sich um und schauen mich an, in ihrem Blick etwas Fassungsloses.

Meine Mutter holt den Handbesen und beginnt, die Scherben aufzukehren. Mein Vater hält mich am durchgedrückten Arm fest und schiebt mich hoch in mein Zimmer. Er sagt, ich soll meine Sachen packen.

Ich sage nichts, nehme meine Reisetasche vom Schrank und werfe hinein, was mir unter die Hände gerät, T-Shirts, ein paar Bücher, Socken, zwei CDs. Im Bad packe ich noch meine Zahnbürste und Schminksachen ein. Manuel und meine Mutter stehen im Flur und beobachten mich, ihr braucht gar nicht so zu glotzen, sage ich, ihr könnt die Kacke gern weiter mitmachen.

Jetzt gehst du, sagt mein Vater.

Meine Mutter beginnt zu weinen, sie ruft, dass ich bleiben soll, aber ich will es nicht hören, ich öffne die Haustür und gehe nach draußen, ein kühler Wind kommt mir entgegen, die Geräusche verstummen. Ich gehe über den Hof und auf die Straße, alles verschwimmt vor mir, ich kann nichts gegen das Weinen tun, es kommt einfach, es hängt sich über mich und macht, dass ich ganz langsam gehen muss.

Ich setze mich auf die Bank am Waldrand und rauche eine Zigarette. Ich versuche, den zweiten Kringel durch den ersten zu pusten, wie es Jori macht, aber ich bekomme Bauchschmerzen davon.

Vor Moritz' Haus atme ich einmal tief durch und klingle, es passiert lange nichts, dann kommt Frau Friesen an die Tür, in einem blauen Schlafanzug.

Sie sieht mir ins Gesicht, mit einem festen Blick, der mich dazu bringt, mir die Nase zu putzen und die Tränen abzuwischen. Sie schaut auf meine Tasche, dann bittet sie mich rein und legt mir kurz ihre Hand auf die Schulter, ich folge ihr durch das Treppenhaus bis zu Moritz' Zimmer.

Danke, sage ich, dann lächelt sie.

Moritz liegt auf seinem Bett und spielt Gameboy, er strahlt mich an, als ich reinkomme. Ich werfe meine Tasche in die Mitte seines Zimmers und setze mich neben ihn auf seine Matratze. Ich mag seinen Geruch. Die Poster an der Wand, Punkbands und Filmplakate, in der Ecke ein Stapel naturwissenschaftlicher Zeitschriften.

Hey, sage ich.

Wohnst du jetzt hier, fragt Moritz.

Sieht so aus, sage ich.

Meine Schlafsachen ziehe ich im Bad an und schließe dabei die Tür ab. Ich drehe die Sanduhr um, die anzeigt, wie lange man die Zähne putzen soll. Ich kämme mir die Haare und betrachte mich im Spiegel, ich fühle mich erschöpft. Ich frage mich, warum mein Gesicht hier anders aussieht als zu Hause. War es nicht mal runder?

Frau Friesen bezieht mir eine Matratze und schiebt sie mit uns in die andere Ecke von Moritz' Zimmer. Moritz legt sich mit Boxershorts ins Bett und blättert in einer Zeitschrift. Ich lege mich unter die kühle Decke und lese in meinem Buch, manchmal schaue ich zu ihm hinüber.

Willst du drüber reden, fragt mich Moritz.

Lass uns einfach schlafen, sage ich.

Bei Friesens gibt es morgens geschrotetes Müsli und Tee und alle sitzen am Tisch und teilen sich eine Zeitung. Es kommt mir seltsam intim vor, sie dabei zu beobachten, als würde man kurz vor der Vorstellung hinter die Bühne gehen. Sie rennen alle durch das Haus, jeder halb angezogen, nur der Hund liegt ruhig in der Ecke und leckt sich die Pfoten. Dieses eigenartige Befremden, das sich bis heute in mir ausbreitet, wenn ich eine Familie besuche, die sich so verhält. Wenn niemand im Zentrum steht und alle mit sich selbst beschäftigt sein dürfen.

Nach der Schule sitze ich im Garten. Frau Friesen kommt dazu, sie sagt, ich soll sie jetzt duzen und dass sie Carolin heißt. Sie sagt, sie habe mit meiner Mutter gesprochen, dass sie sehr besorgt war und sie ihr geantwortet habe, dass ich hierbleiben könne, vorerst.

Willst du mir erzählen, was passiert ist, fragt sie.

Ich sage ihr, dass ich es nicht mehr aushalte und wir endlich gehen müssen.

Am Abend schauen wir einen französischen Film mit Moritz' Eltern, sein kleiner Bruder schläft schon. Eine Frau fährt mit einem Cabrio durch eine Küstenlandschaft, sie trägt ein Tuch um den Kopf gewickelt. Ich streichle den Hund. Moritz' Vater hält Carolin im Arm, sie sitzen einfach nur da und bemerken nicht mal, dass ich sie betrachte.

Um was geht es da eigentlich, fragt Moritz.

Sein Vater lacht und stupst Carolin in die Seite, das würde ich auch gerne wissen, sagt er.

An einem der nächsten Tage entscheide ich, die Schule zu schwänzen. Ich gehe morgens mit den anderen aus dem Haus, aber an der Bushaltestelle verabschiede ich mich von Moritz, biege ab und laufe nach Hause. Die Garage ist leer, ich öffne die Haustür und gehe hinein. In meinem Zimmer steht alles so wie vor einer Woche. Ich nehme mir ein paar neue Bücher vom Regal und packe sie in meine Tasche. In der Küche stehen die Teller vom Frühstück in der Spüle, die Kaffeetasse meines Vaters. Ich setze mich auf einen Stuhl und sehe aus dem Fenster, das Haus ist still, nur der Kühlschrank summt. Ich bleibe einen Moment so sitzen, ohne zu wissen, warum, dann stehe ich auf und gehe zurück.

Meine Mutter schickt mir unentwegt Nachrichten auf mein Handy. Ich soll nach Hause kommen. Ich schreibe ihr, dass ich es von ihm hören will, dass ich nicht einfach so zurückkommen kann. Sie schreibt, ich soll nicht so stur sein, mit zwei Ausrufezeichen.

In der zweiten Woche stelle ich mich abends immer unter die große Dusche, man kann sie so einstellen, dass es sich anfühlt, als würde man im Regen stehen. Ich verwende die kleinen Duschgelflaschen von Carolin, seife mich überall ein und setze mich dann auf den Boden der Wanne. Das Wasser läuft gleichmäßig über mein Gesicht, zwischen meinen Füßen bildet sich ein kleiner See. Manchmal beginne ich unter der Dusche zu zittern.

An einem Nachmittag streiten sich Moritz' Eltern, es werden Türen aufgerissen und wieder zugeworfen. Die beiden rennen von Raum zu Raum, Carolin ruft etwas, es geht um ihre Arbeit. Moritz und ich stehen in der Küche, wir essen Nüsse aus einer Schale, dann kommen Moritz' Eltern herein.

Ihr seid ja da, sagt sein Vater.

Sie gehen langsam in den Flur und setzen sich nebeneinander auf die Bank über dem Schuhregal. Ich schaue Moritz ratlos an.

Was ist, fragt er, denk bloß nicht, meine sind normal.

Samstags wird bei Friesens geputzt, ich werde mit eingeteilt. Ich schalte das Radio an und schrubbe die Waschbecken im Bad. Moritz kommt dazu, er beobachtet mich und grinst.

Was ist, frage ich.

Weiß auch nicht, sagt er, irgendwie cool, dass du da bist.

Im oberen Stockwerk gibt es eine kleine Bibliothek, Regale an zwei Wänden und ein Sessel dazwischen. Carolin erlaubt mir, Bücher auszuleihen. Ich setze mich auf den Boden, lehne mich an ein Regal und blättere in einem Buch mit blauem Einband. Carolin sagt, sie wüsste, was mir vielleicht noch besser gefällt, sie gibt mir einen Gedichtband mit zwei Bäumen darauf.

Ich liege am Abend auf der Matratze und kann nicht einschlafen, ich denke an Manuel, ich stelle mir vor, wie er die Nachttischlampe anknipst, weil er schlecht geträumt hat.

Bist du wach, frage ich.

Moritz kommt zu mir herüber, er setzt sich zu mir und streichelt mir über den Kopf. Ich rutsche zur Seite, er legt sich neben mich unter die Decke, sein Gesicht ganz nah an meinem. Ich nehme seinen Kopf in meine Hände, berühre seine Lippen mit meinen, sein Kuss ist weich. Er streift meine Unterhose herunter, er dreht mich zu sich, seine Hände zwischen meinen Beinen, sein Geruch überall.

Beim Frühstück schüttet mir Moritz Müsli in die Schüssel und sagt nichts. Carolin schaut uns über ihre Lesebrille hinweg an. Ich versuche ein unbeteiligtes Gesicht zu machen, aber ich merke, dass es mir nicht gelingt. Der kleine Bruder kommt herein, er setzt sich auf meinen Schoß und fragt, ob ich ihm vor der Schule noch etwas vorlese.

An einem Sonntagnachmittag betrachte ich unser Haus von außen. Die Form des Daches, die Garage, die große Tanne. Ich zähle die Fenster. Ich frage mich, ob sie zu Hause sind. Ich überlege, einfach zu klingeln und zu sagen, dass ich wieder da bin. Ich denke an Manuel, etwas zieht in mir, tief in meinem Bauch.

Irgendwann beim Abendessen klingelt es, Carolin geht zur Tür, und dann ruft sie mich, schaut mich eindringlich an und sagt, es seien meine Eltern.

Ich gehe nach draußen und sehe erst meinen Vater, in Jeans und Turnschuhen, er trägt noch eine Sonnenbrille, obwohl es schon dämmert, überhaupt kommt er mir nervös vor. Meine Mutter steht im Hintergrund, als würde sie auf den Bus warten. Ich ziehe die Tür hinter mir zu, setze mich aufs Mäuerchen und verschränke die Arme.

Komm wieder heim, sagt mein Vater.

Ich finde es hier schön, sage ich.

Meine Mutter stellt sich dazu, komm heim, sagt sie, es tut ihm ja leid.

Mein Vater nickt.

Morgen, sage ich, heute nicht mehr.

In der Nacht gehe ich zu Moritz hinüber. Ich lege mich neben ihn, er küsst mich und sieht mich dabei immer wieder an. Wir streifen unsere wenigen Kleider ab, ich ziehe ihn über mich, will ihn spüren, ein Gefühl von Wärme und Schwere, als würde ich lange schwimmen, mit ihm, und dennoch weiß ich, wenn meine Arme dieses kraftlose Gefühl bekommen, könnte ich mich nirgends festhalten.

Am nächsten Tag gehe ich nach Hause, ich schließe die Tür auf, als ob ich nie weg gewesen wäre. Der Geruch kommt mir anders vor als sonst, es riecht nach Zwiebeln und warmer Wäsche.

Flaschen

Wenn wir Besuch haben, trinkt mein Vater Bier aus einer Flasche, die auf dem Tisch steht, aus der Esszimmerflasche. Er trinkt langsam. Er stellt sie vor sich hin und dreht sie, er zupft Papierstücke vom Etikett ab.

Hinter den Mineralwasserflaschen auf der Arbeitsplatte in der Küche steht seine zweite Flasche, die Küchenflasche. Die trinkt er schnell und nur, wenn er allein ist.

Mein Vater verlässt häufig das Esszimmer. Er geht in die Küche, um den Salzstreuer zu holen, er deckt den Tisch ab und fragt, ob noch jemand ein Eis möchte, er holt einen Katalog oder für die Kinder eine Apfelschorle, er sucht einen Korkenzieher. Manchmal gehe ich ihm hinterher, dann schaut er mich unbeteiligt an, als wäre ich gar nicht da.

Wenn die Küchenflaschen leer sind, werden sie ersetzt. Wenn der Besuch geht, hat mein Vater zwei Esszimmerflaschen leer getrunken, er lässt sie beide nebeneinander stehen.

Vierzehn

Manuel trägt schwarze Kleider, er hört laut Musik, und wenn ich in sein Zimmer komme, schaut er mich mit fragendem Blick an. Ich weiß nicht, ob er mit seinen Freunden spricht, aber mit mir spricht er wenig. Die anderen Vierzehnjährigen in seiner Klasse kommen mir so jung vor, wenn ich sie mit ihm vergleiche. Manchmal kann ich seine Verzweiflung sehen, können wir sie alle sehen, wenn er am Morgen mit einem Pflaster an seinem Unterarm zu uns in die Küche kommt, wenn er mit Augenringen seine Cornflakes isst. Nur Großvater scheint das nicht zu bemerken, als gäbe es keine Verzweiflung, und vielleicht gibt es sie deswegen bei ihm auch wirklich nicht. Ich höre Manuels Lachen aus der Werkstatt meines Großvaters und erschrecke kurz.

Die Hütte

Jori holt mich mit dem Auto seines Vaters ab, er hat als Einziger von uns schon den Führerschein. Vorne sitzt Karina, braun gebrannt, sie öffnet die Tür und winkt mir, obwohl ich direkt vor ihr stehe.

Hi, sage ich.

Ich lade meine Sachen in den Kofferraum und steige ein, Jori fährt um die Ecke zu Friesens und hupt. Moritz kommt herunter und sagt als Erstes, dass Frauen auf jeden Fall hinten sitzen müssen. Karina zeigt ihm den Vogel und bewegt sich nicht. Moritz steigt zu mir auf die Rückbank.

Hätten wir das geklärt, fragt Jori.

Ja, sagen wir im Chor.

Im Radio laufen die Red Hot Chili Peppers.

Die Hütte liegt am Rande eines Waldstücks, neben ihr eine hohe Tanne. Sie gehört Karinas Großmutter, ihre Familie fährt immer im Sommer hin, jetzt steht sie leer. Wir haben Lebensmittel und Musik mitgenommen, wir tragen die Sachen hinein. Moritz macht schon Feuer, Karina holt mir eine Hängematte aus dem Schuppen, sie lächelt mich an, sie gibt sich Mühe. Ich lege mich hinein, spüre die Herbstsonne auf meinen Augenlidern, den Wind. Die Tanne rauscht.

Wir essen vor der Hütte auf Holzbänken, teilen uns Brot und Salat, Moritz stellt Wodka auf den Tisch. Karina trinkt Bier aus der Flasche, sie lässt mich probieren, es ist bitter in meiner Kehle, zu bitter. Ich schüttle den Kopf, nein, sage ich, das ist nichts für mich.

Dann musst du eben Wodka trinken, sagt Moritz.

Karina und Jori lachen.

Ich werde bald müde und sage, dass ich schlafen gehen will, ich ignoriere ihren Protest. Ich laufe durch den dunklen Garten zum Haus, nehme ein Rascheln in der Hecke wahr und entscheide dann, dass es nur ein kleines Tier gewesen sein kann. Im oberen Zimmer putze ich mir die Zähne und lege mich ins Bett. Von draußen höre ich Lachen und leise Musik, ich stehe noch mal auf und schaue aus dem Fenster. Jori und Karina halten sich an der Hand und tanzen um das Feuer, Moritz sitzt mit der Wodkaflasche daneben, ich kann bis hierher sehen, dass er eifersüchtig ist.

Ich bin früher wach als die anderen und gehe nach draußen. Überall zwitschert es von den Bäumen, es ist kaum ein anderes Geräusch zu hören, kurz fühle ich mich sehr allein, aber es ist ein gutes Gefühl.

Ich ziehe mich aus und stelle mich unter die Gartendusche. Das Wasser ist kalt, die Sonne wärmt noch nicht richtig, ich beginne zu frieren, seife mich schnell ein und wickle mich dann in ein Handtuch. Plötzlich steht Moritz neben mir, er schaut mich mit fragendem Blick an, dann lächelt er.

Vergiss es, sage ich, das ist vorbei, ich strecke ihm die Zunge raus. Moritz lacht.

Beim Frühstück tuscheln Jori und Karina die ganze Zeit miteinander, aber wenn Jori sie nicht ansieht, schaut Karina zu Moritz. Ich schenke mir noch mal Kaffee nach. Ich denke an Manuel und überlege, zu Hause anzurufen, zu fragen, wie es geht, aber ich entscheide, es zu lassen, ich weiß nicht, was es ändern würde.

Willst du was von ihm, fragt mich Karina, als wir allein sind.

Von Jori, frage ich.

Ne, sie lacht, von Moritz mein ich.

Ich schüttle den Kopf, nein, sage ich, wir sind nur Freunde. Sie lächelt mich an.

Und was ist mit Jori, frage ich und wickle einen Grashalm um meinen Zeigefinger.

Sie zuckt mit den Schultern, das ist doch nur so, sagt sie.

Schade eigentlich, sage ich, ich glaube, er mag dich echt.

Am Nachmittag machen wir eine Wanderung auf einen Berg in der Nähe, Karina läuft voraus, sie trägt sehr kurze Shorts und zeigt ihre ziemlich langen Beine, ein bisschen tänzelt sie. Wir kommen an kleinen Felsformationen vorbei, in denen ich Gesichter erkenne, es riecht nach Harz und trockener Erde. Ich versuche, Jori in ein Gespräch zu verwickeln, aber er schaut Karina die ganze Zeit hinterher.

Am Abend sitzen wir am Feuer, diesmal trinke ich Wodka, mit Orangensaft. Karina fragt mich, was ich nach der Schule machen will, ich sage ihr, dass ich gern Kunstgeschichte studieren würde. Karina will erst mal durch Australien reisen.

Die Jungs stoßen währenddessen permanent an und

trinken ein Bier nach dem anderen. Ihre Gesichter werfen diesen roten Feuerschein zurück, in dem alles immer so aussieht wie gezeichnet, alles im Vordergrund, und dahinter einfach nichts. Irgendwann steht Karina auf und beginnt zu tanzen, mach mal lauter, sagt sie und nimmt meine Hand. Ich mag das Lied, wir tanzen durch den Garten, unter den Bäumen hindurch, während uns die Jungs beobachten. Ich merke, dass mir schwindlig wird, ich setze mich auf den Boden, Karina küsst mich auf den Mund und schenkt mir Wodka nach, du brauchst mehr Alkohol, sagt sie. Ich trinke einen großen Schluck, dann lege ich mich hin, über mir die Sterne, ich schließe meine Augen.

Ich liege auf dem Rücken, die Musik läuft noch, aber ganz leise, neben mir schläft jemand. Ich setze mich auf, es ist Jori, sonst ist niemand zu erkennen. Ich stehe auf und versuche, ihn nicht zu wecken, es muss schon mindestens elf sein. Das Gehen fällt mir schwer, ich schwanke bis zum Feuer, ich denke an Manuel. Auf der Bank liegt meine Handtasche, ich nehme mein Mobiltelefon und wähle die Nummer von zu Hause. Es klingelt, dann geht meine Mutter ran. Plötzlich weiß ich nicht mehr, was ich sagen soll, ob ich überhaupt etwas sagen kann, ich habe Angst, meine Stimme zu hören.

Teresa, bist du es, fragt sie.

Ich antworte nicht, ich atme nur ins Telefon und lege wieder auf. Dann wird mir klar, dass sich meine Mutter jetzt sorgen wird, ich schreibe ihr eine SMS, *alles gut, sorry, war aus Versehen*. Drinnen höre ich Karina, ich will auf keinen Fall ins Haus, ich lege noch ein Stück Holz nach, decke Jori zu und setze mich ans Feuer.

Mitten in der Nacht wache ich auf, es ist kalt, das Feuer nur noch eine schwache Glut. Ich gehe zu Jori hinüber und wecke ihn, er hat schon ganz kalte Arme.

Lass mich, sagt er, ich will nicht aufstehen.

Ich frage ihn, was los ist.

Weißt du doch, sagt er, oder sind sie zurückgekommen.

Er steht schwerfällig auf, wir schichten noch mal Holz auf die Glut und legen uns dann nebeneinander ans Feuer.

Denk bloß nicht, dass ich was von dir will, sagt er.

Du kannst mich mal, sage ich.

Jori schläft schnell wieder ein, ich höre seinen gleichmäßigen Atem neben mir. Ich stelle mir vor, wie es wäre, ihn zu küssen, frage mich, warum ich es nicht einfach tue, aber ich spüre deutlich, was ich bis heute spüre, wenn ich mit ihm allein bin, dass es bei uns um etwas anderes geht.

Die Sonne weckt mich, sie scheint mir ins Gesicht, ich drehe mich weg, aber die Helligkeit ist überall. Im Morgenlicht sieht die Feuerstelle verwüstet aus, überall liegen Flaschen herum, meine Decke ist klamm, mein Rücken schmerzt. Ich gehe hinein und mache zwei Kaffee, sehe durch das Fenster, wie Jori sich in die Hängematte legt. Ich nehme die Tassen mit und setze mich neben ihn.

Erzähl mir einen Witz, sage ich.

Was ist gelb und kann nicht schwimmen, fragt er mit halb offenen Lidern. Ich nehme seine Hand in meine.

Irgendwann kommen Karina und Moritz heraus, Moritz mit diesem eitlen Blick, der ihn so wahnsinnig unattraktiv macht. Ihr habt es ja schön, sagt Karina, sie schaut mich an, als teilten wir ein wichtiges Geheimnis. Ich sage, dass wir ziemlich gefroren haben.

Wir räumen auf und packen die Sachen zusammen, Moritz und ich spülen das Geschirr, Karina stellt mit Jori die Gartenmöbel in den Schuppen.

Auf der Rückfahrt sprechen wir wenig. Als ich aussteige, fragt Jori mich am Kofferraum, ob wir nächstes Wochenende ins Kino gehen.

Klar, sage ich.

Ich stelle mir vor, wie es war, nach Hause zu kommen: alles still, mein Vater sitzt im Garten und liest die Zeitung. Wie ich immer die Luft anhielt, wenn ich unser Haus betrat, nachdem ich ein paar Tage weg gewesen war. Mich fragte, ob etwas war. Wie ich Manuel und meine Mutter beobachtete. Ob ihr Gesicht etwas erzählte.

Sara

Auf dem Schulhof beobachte ich ein Mädchen, das ich noch nie gesehen habe, sie muss neu auf der Schule sein. Sie steht mit ein paar anderen zusammen und gleichzeitig auch abseits. Irgendwie sieht sie aus wie das Gegenteil von mir, braune Haut und dunkle Locken. Sie trägt einen dunkelgrünen Rock und feste Stiefel. Ich würde gerne zu ihr gehen, weiß aber nicht richtig, wie ich sie ansprechen soll.

Am nächsten Tag sitze ich am Mäuerchen vor der Sporthalle und lese in einem Buch, dann kommt sie zu mir und setzt sich neben mich.

Ich bin Sara, sagt sie und lächelt.

Bis du neu hier, frage ich.

Sie nickt, in der Zwölften, sagt sie, und du?

Elfte.

Was liest du da, fragt sie.

Ich strecke ihr das Buch hin.

Dieses Buch hat mir den Winter gerettet, sagt sie.

Ich muss lachen.

Ich bin Teresa, sage ich.

Hab ich schon gehört, sagt sie.

Fliegen

Wir fahren zu dritt mit dem Zug zum Flughafen, essen Brezeln und blinzeln uns an. Am Flughafen laufen wir meiner Mutter hinterher, sie ist aufgeregt, sie ist seit zwanzig Jahren nicht mehr geflogen und Manuel und ich noch nie. Im Flugzeug sitzen wir nebeneinander in einer Reihe, meine Mutter am Gang. Die Stewardess verspricht mir ein vegetarisches Essen und bringt meiner Mutter eine Beruhigungstablette. Als wir abheben, schließt meine Mutter die Augen, Manuel und ich schauen aus dem kleinen Fenster, wir halten den Atem an und können nicht glauben, wie schnell wir über der Wolkendecke sind.

Vom Balkon unseres Zimmers kann man den Pool sehen und eine Cocktailbar aus Bastmatten, auf dem Dach sitzt ein Papagei aus Holz. Manuel zieht sich Badesachen an und rennt nach unten, ich sehe von oben zu, wie er ins Wasser springt, wie er es immer tut, sich nicht umdreht, nur das Handtuch auf den Rasen wirft und springt. Ich beneide ihn darum, wie schnell er irgendwo ankommen kann.

Meine Mutter setzt sich auf das Bett, sie hat immer noch ihre Handtasche umgehängt, als ob sie überlegen würde, gleich wieder zu gehen. Sie atmet schwer aus und betrachtet das Zimmer, den roten Kunstdruck an der Wand, den Schrank, sie schaut aus dem Fenster, dann zieht sie ihre Sandalen aus.

Wir essen im Restaurant eine Paella, der Kellner schaut fragend auf den vierten Stuhl, er will wissen, ob noch jemand kommt. Meine Mutter schiebt den Stuhl ganz nah an den Tisch. Nach dem Essen hole ich meine Zigaretten aus der Tasche, nehme mir eine heraus und zünde sie an.

Meine Mutter fragt, ob das jetzt mein Ernst ist.

Ich nicke nur und schaue sie mit einem Blick an, der sagen soll, dass das jetzt wohl auch egal ist. Sie sagt nichts, kurz überlege ich, sie zu fragen, ob sie auch eine will.

Die Gelassenheit meines Vaters, als wir ihm sagten, dass wir ohne ihn in den Urlaub fahren, hat uns verwundert. Ich bekomm sowieso nicht frei, sagte er, und hat das auch allen Bekannten so erzählt. Nur als ich meinen Koffer packte, kam er einen Moment in mein Zimmer, als wollte er mich etwas fragen, aber er ging ganz wortlos wieder nach unten. Heute stelle ich mir manchmal vor, was er in den zwei Wochen getan hat, die wir auf der Insel verbrachten. Wie er mit dem Auto herumfuhr, Freunde besuchte. Sich die Dinge zu essen machte, die er allein zubereiten konnte: Siedfleisch mit Senf, Tomatensalat, ein grüner Apfel zum Nachtisch. Ob er dieses Leben mochte, mehr als das andere, oder ob er einsam war.

An einem Abend gehen meine Mutter und ich am Strand spazieren. Wir ziehen unsere Schuhe aus und laufen durch das flache Wasser.

Sie sagt, dass sie es jetzt tun wird. Ich verlasse ihn, sagt sie, und wir werden gehen.

Ich weiß, sage ich.

Wir bleiben stehen, ich sehe sie mit festem Blick an.

Am Pool schreibe ich zwei Postkarten und einen Brief. Moritz schicke ich nur zwei Sätze, auf die Karte für Jori zeichne ich den Strand und das Meer. In den Brief für Sara schreibe ich, dass meine Mutter mir das Rauchen hier erlaubt und wir vielleicht bald in die Stadt ziehen.

Die Nachmittage verbringen wir am Strand, wir liegen unter schattigen Bäumen mit kleinen Blättern, die Wellen kommen näher und treiben wieder davon, wir sitzen da und starren auf das Meer, als säßen wir im Kino und würden darauf warten, dass der Film beginnt. Meine Mutter sagt, dass wir das Haus aufgeben müssen, dass er darauf bestehen wird, es zu behalten. Wir sagen, dass uns das alles nichts ausmacht. Von unseren Gesprächen bekomme ich Bauchschmerzen, aber solche, die sich eigentlich gut anfühlen.

Am letzten Tag machen wir einen Ausflug zu einem Surfstrand. Wir sitzen auf einer Decke auf dem warmen Sand, der Wind ist kühl, ich habe überall Gänsehaut, wir legen uns die Handtücher um die Schultern. Die Surfer ziehen Linien, sie gleiten über die Wellen, und dann stürzen sie ins Wasser, verschwinden und tauchen an einer anderen Stelle wieder auf. Ich nehme Manuels Hand, rechne damit, dass er sie wegzieht, aber er lässt sie in meiner Hand liegen.

Auf dem Rückflug will meine Mutter keine Tablette mehr, und ich stelle gleich nach dem Start die Füße auf den Sitz.

Telefon

Sara ruft mich an und fragt mich, wie es mir geht und was ich so mache. Ich würde sie gerne treffen, aber es fahren nur noch zwei Busse. Wir haben uns angewöhnt, die Sonntagnachmittage mit Telefonieren zu verbringen. Sara liest mir am Telefon Stellen aus Büchern vor, die sie mag, und legt den Hörer vor die Stereoanlage, wenn sie aufs Klo muss. Manchmal klopft ihre Mutter, weil sie das Telefon braucht, dann sind zwanzig Minuten Pause.

Ich sage ihr, dass es mir mittel geht und mein Vater gestern durchgedreht ist. Sie fragt mich, was das eigentlich bedeutet, durchgedreht. Ich sage, dass er betrunken war.

Und dann, fragt sie.

Dann ist er auf Manuel losgegangen.

Sara sagt nichts, ich höre, dass sie am Telefon schluckt.

Aber was heißt das, fragt sie.

Er hat ihn auf den Boden geworfen, sage ich. Und getreten.

Sara atmet schwer aus.

Und sag, macht er das auch mit dir, fragt sie.

Ich will ihr antworten, aber dann fürchte ich mich plötzlich davor. Ich ziehe an meiner Zigarette.

Sag doch, sagt sie.

Mit uns beiden, sage ich, mit Mama eigentlich nicht.

Sara schweigt lange, das kann er doch nicht tun, sagt sie dann. Sie weint.

Und überhaupt, warum sagst du mir das nicht schon früher.

Was soll das bringen, sage ich. Und es ist ja auch viel weniger geworden. In letzter Zeit schläft er viel, manchmal kommts mir vor, als würde ich ihn tagelang nicht sehen.

Sie sagt, dass ich etwas tun muss, die Polizei rufen.

Ich sage ihr, dass ich das schon getan habe, aber dass niemand kam. Sie kann es nicht glauben, und ich erzähle ihr, wie ich dort anrief und wir warteten und einfach nichts passiert ist, beide Male.

Sara lässt einen Schrei am Telefon los, oh Gott, sagt sie, ist das dein Ernst, sie weint noch immer.

He, sage ich, wein doch nicht, bald hört es auf.

Schwimmkurs

Meine Mutter kauft sich einen neuen Badeanzug, sie meldet sich bei einem Schwimmkurs an. Die Lehrerin sagt, sie soll sich noch eine Schwimmbrille, eine Bademütze und eine Nasenklammer kaufen. Manuel setzt sich die Nasenklammer auf und kichert darüber, wie seine Stimme klingt, wenn er damit spricht. Meine Mutter ist beleidigt, macht euch nicht lustig, sagt sie.

Mein Vater lacht beim Abendessen über ihren Plan, er sagt, in ihrem Alter würde man ja wohl nicht mehr mit Schwimmen anfangen. Manche Leute sind einfach nicht fürs Wasser gemacht, sagt er.

Meine Mutter isst weiter, sie sagt nichts. Am nächsten Tag packt sie alle Gegenstände mit einem großen Handtuch in eine Sporttasche, sie fährt zur Arbeit ins Restaurant, aber sie kommt zwei Stunden später als sonst zurück.

An einem Abend, an dem meine Eltern auf einem Geburtstag sind, schauen Manuel und ich einen Film mit Julia Roberts. Sie verlässt darin ihren brutalen Mann und inszeniert ihren Tod auf dem Meer. Davor besucht sie heimlich einen Schwimmkurs für Erwachsene, weil sie eigentlich nicht schwimmen kann, sie ist als Kind fast ertrunken.

Im Film stehen die Schwimmschüler am Beckenrand und feuern Julia Roberts an, die mit einer weißen Bademütze durch das Becken krault. Ich stelle mir vor, wie meine Mutter aussieht, wenn sie das macht.

Ein paar Wochen später kommt sie mit einem Zettel vom Kurs, auf dem steht, dass sie jetzt schwimmen kann.

Jetzt hast du das Seepferdchen, sagt Manuel.

Meine Mutter schaut erst beleidigt, aber dann bricht das Lachen aus ihr heraus, sie lacht und kann gar nicht mehr aufhören, sie steckt Manuel und mich damit an, wir halten uns die Bäuche, bis sie wehtun.

Zeit

Sara sagt, dass sie keinen Bock auf Englisch hat, sie schaut mich auffordernd an. Wir stehen auf dem Pausenhof und frieren. Moritz steht in der Ecke und raucht, ich überlege, zu ihm zu gehen und ihm Sara vorzustellen, aber dann sehe ich, wie Karina auf ihn zu rennt.

Was hast du jetzt, fragt Sara.

Bio, sage ich.

An ihrem Kopf vorbei sehe ich, wie Moritz und Karina sich küssen. Sara dreht sich um, ach der, sagt sie, genau sein Beuteschema. Ich muss lachen.

Weißt du, sage ich, der ist irgendwie schon echt okay.

Sara lächelt mich mit breitem Mund an.

Was ist jetzt, fragt sie.

Ich pack mein Zeug, sage ich.

Wir schleichen uns aus dem Schulgebäude und laufen in die Stadt, auf dem Weg hält sie meine Hand. Im Buchladen sitzen wir auf einem braunen Cordsofa und lesen uns Gedichte aus schmalen gebundenen Büchern vor. Der Verkäufer beobachtet uns und rümpft die Nase, sagt aber nichts.

So könnte es immer sein, sagt Sara.

Regen

Meine Mutter deckt den Tisch, es ist Sonntag, sie hat Lasagne gemacht und ruft alle zum Essen. Ich habe meinen Vater den ganzen Vormittag noch nicht gesehen, soll ich ihn wecken, frage ich.

Versuchs, sagt meine Mutter.

Im Schlafzimmer ist es dunkel, ich ziehe vorsichtig den Rollladen hoch, draußen regnet es, die Bäume bewegen sich hin und her, es sieht nach viel Wind aus, als ob es bald gewittern würde.

Mein Vater dreht sich zu mir um und fragt, was los ist.

Essen ist fertig, sage ich.

Ach ja, fragt er.

Er setzt sich auf, seine Haare stehen nach allen Richtungen ab, seine Haut sieht fahl aus, beinahe grau, an den Armen faltig, sein Gesicht ist gerötet.

Soll ich dir ein Glas Wasser holen, frage ich.

Er nickt.

Ich hole Wasser aus der Küche und bringe es ihm. Er bedankt sich und lächelt mich an.

Wir ziehen jetzt bald aus, sage ich.

Ja, sagt er.

Ich setze mich an das Bett und warte, ich hoffe, dass er

noch etwas sagt, etwas Kleines, ein schmales Wort, mit dem er mir für einen Moment den Eindruck gibt, dass er versteht, was passiert.

Dann steht er auf und geht ins Bad, er lässt die Tür offen und verschwindet aus meinem Blick. Ich kann nicht sagen, ob ich erleichtert bin oder nicht. An der Fensterscheibe laufen die Regentropfen in alle Richtungen.

August

Wir ziehen an einem Dienstag aus, es ist bewölkt, aber warm. Mein Vater ist ein paar Tage zu Freunden gefahren. Er sagt, er will sich das nicht antun, den ganzen Krach und die Hektik. Unser Auszug hat deswegen etwas Verlorenes, fast, als würden wir es heimlich tun. Mein Großvater steht am Gartenzaun und schaut rüber, ich sehe, dass er sich Tränen aus dem Gesicht wischt. Ich winke ihm zu, als wäre es ein Tag wie jeder andere und ich würde ihn nach dem Mittagessen in der Werkstatt besuchen und ihn fragen, was er gerade baut. Er hebt kurz den Arm, dann dreht er sich um und geht ins Haus.

In den Kisten meiner Mutter sind fast nur Kleider und etwas Geschirr. Manuel und ich nehmen unsere kompletten Zimmer mit, die Umzugshelfer tragen unsere Möbel und Kisten hinunter, unsere Bettdecken, die Schulsachen und einen Schlitten. Ich stehe vor dem offenen Lkw und wundere mich, wie viel Platz noch ist, wie klein alles ist, wenn man es zerteilt und auseinanderbaut, unser zusammengefaltetes Leben. Als wir losfahren, habe ich das Gefühl, dass es ab nun keine Rolle mehr spielt, wo es hingeht, plötzlich bin ich wie losgelöst von diesem Ort, als würde das, was mich hier hielt, nicht mehr existieren.

Vor dem Haus der Friesens springe ich aus dem Auto und werfe eine Karte in den Briefkasten, auf der vorne unsere neue Adresse steht und hinten *PS: Danke*.

In der neuen Wohnung gibt es kein Sofa und meine Mutter hat als Bett nur eine Matratze auf dem Boden, das neue Geschirr muss erst noch in die Spülmaschine, bevor es benutzt werden kann. Die Umzugshelfer sagen, dass wir es jetzt sehr schön haben, sie klopfen mir auf die Schulter, als hätte ich die Sachen hochgetragen und nicht sie.

Am Abend bestellen wir uns eine Pizza, ich nehme ein Windlicht aus einem Karton und zünde uns eine Kerze an. Meine Mutter schaut mich an, als hätte sie mich seit Wochen nicht gesehen.

Hi, sage ich.

Wände

Manuels Zimmer liegt direkt neben meinem, nicht wie früher, als wir über einen langen Flur verbunden waren. Manchmal kommt es mir vor, als würde ich ihn atmen hören. Ich höre das Kind singen, das unter mir sein Zimmer hat, eine Frau, die oft hochhackige Schuhe trägt, wohnt über uns. Es fühlt sich eigenartig an, dass Menschen unter dem gleichen Dach wohnen, sie sehen die gleichen Dinge wie ich, wenn ich aus dem Fenster sehe, und trotzdem könnten sie jederzeit ausziehen und würden sich nach ein paar Monaten schon nicht mehr an mein Gesicht erinnern.

Meine Mutter verbringt jetzt lange Tage bei der Arbeit, sie macht Überstunden und bewirbt sich in einem Zeitungsbüro in der nächsten Stadt. Morgens öffnen sich die Türen im Haus und alle brechen in verschiedene Richtungen auf, ich muss an einen Bienenstock denken.

Herbst

Wir haben die Rufnummernerkennung eingeschaltet, weil mein Vater so oft anruft. Am Anfang gehen wir ran, er will wissen, warum die Waschmaschine nicht läuft oder wie heiß man Handtücher waschen kann, meine Mutter diktiert ihm alles ganz gründlich, er schreibt währenddessen mit. Später sucht er Dokumente, stellt Fragen zu meiner Schule für seine Anwältin, immer ist er auf der Suche nach etwas. Ein paar Wochen später ruft er nur noch an, um zu schreien, er schreit ins Telefon, dass wir ein verdammter Dreckshaufen sind, wie teuer die Heizkosten sind und dass wir das alles bereuen werden.

Wir werden routiniert im Telefonieren, wir sagen ja und okay und legen irgendwann auf. Wir entscheiden spontan, wer drangeht, und zeigen mit dem Hörer am Ohr den anderen mit Handbewegungen, ob es um etwas Wichtiges geht und wie lange das Gespräch vermutlich noch dauern wird.

Weihnachten

Meine Mutter wirft Pfifferlinge in die Mehlschwitze, sie rührt in einem Topf mit Brokkoli. Sie hat sich eine Schürze umgebunden, was ihr irgendwie ein entschlossenes Aussehen gibt. Ich wasche Feldsalat und decke den Tisch, drei große flache Teller, Gläser, Besteck, ich stelle Kerzen auf. Mein Bruder legt eine Metal-CD ein, ich drehe mich zu ihm um und muss lachen.

Während des Essens reden wir wenig, wir essen reichlich, mit viel Soße, die Kerzenflammen stehen steil nach oben, wir haben keinen Weihnachtsbaum, aber es liegen kleine Christbaumkugeln und Zweige auf dem Tisch.

Ich überlege, meinen Vater anzurufen, aber ich finde den ganzen Abend keinen Moment dafür.

Wir spielen ein Gesellschaftsspiel, legen Burgteile zu größeren Burgen aneinander, Manuel lehnt sich gelangweilt nach hinten, meine Mutter spricht fast nicht, wir sind nicht gut in dem, was wir tun. Mein Vater ruft nicht an.

Studieren

Meine Zusage kommt irgendwann im Frühsommer, ein einfaches Blatt, einseitig. Ich darf auf die Universität, bin angenommen für Kunstgeschichte. Ich schreibe Sara eine SMS mit lachenden Gesichtern. Manuel und meiner Mutter zeige ich das Schreiben beim Abendessen.

Jetzt also, sagt Manuel.

Ja, sage ich, jetzt.

Ich fahre zwei Stunden mit dem Zug zur Uni, habe einen Rucksack dabei mit Sachen für zwei Tage. Sara holt mich vom Bahnhof ab. Sie nimmt mich mit in ihre Wohnung, wir gehen durch den kleinen Flur eines alten Fachwerkhauses und eine schmale knarzende Treppe hinauf. Es gibt zwei Zimmer, ein kleines WC, die Dusche steht in der Küche, der Herd ist aus Emaille. In der Küche hängen zwei Poster, eine surrealistische Meerlandschaft in Grüntönen und ein Porträt von Noam Chomsky. Sie kocht mir einen Kaffee und legt mir einen runden Keks hin.

Und, ziehst du jetzt ein, fragt sie mich.

Unbedingt, sage ich.

Als ich es meiner Mutter erzähle, bekommt sie feuchte Augen.

Ich komm doch öfter an den Wochenenden, sage ich.

Ich weiß nicht, wie es ohne dich wird, sagt sie.

Acht Wochen später trage ich mit Jori und Manuel Möbel aus der Wohnung meiner Mutter hinunter zu einem kleinen Kastenwagen, ich nehme mein Bett und den schmalen Schrank mit, Bücherkisten, Kleider, die kleine Bergpalme. Meine Mutter hilft mir mit den Kleiderkisten, sie nimmt noch drei Tassen aus dem Küchenschrank und packt sie für mich ein. Als das Auto voll ist, klopfe ich noch mal bei Manuel. Er nimmt mich in den Arm, ciao Kleine, sagt er, sein Blick ist fest.

Vergiss mich nicht, sage ich.

Er lacht und boxt mich sanft in den Oberarm, ich boxe ihn zurück, dann gehe ich wieder in den Flur. Mama steht in der Küche an der Spüle, sie schaut aus dem Fenster und dreht sich nicht um, ich höre, dass sie weint.

Ich kann nicht zuschauen, wie du gehst, sagt sie, geh einfach, ich weiß, du musst.

Ich trete hinaus und schließe die Tür. Draußen scheint die Sonne, Jori winkt und lächelt dabei. Im Auto legt er irgendeine Ska-CD ein. Ich höre ein paar Minuten zu, dann nehme ich sie wieder heraus.

Sorry, sage ich, das passt jetzt gerade echt nicht.

Auf der Autobahn schalte ich das Radio wieder ein und drehe am Regler herum, es läuft eines dieser alten Lieblingslieder meiner Mutter.

Cooler Song, sagt Jori.

Den hat meine Mutter früher immer gehört, sage ich.

Jori trommelt auf dem Lenkrad.

Bist du aufgeregt, frage ich.

Warum, fragt er, du ziehst doch aus.

Ich meine nur, sage ich, wegen Sara.

Er schaut zu mir und strahlt über das ganze Gesicht.

Merkt man mir das so an, fragt er.

Ich schon, sage ich und stelle meine Füße auf den Sitz.

Sara hat mir einen Zettel geschrieben und an meine Zimmertür geklebt, ich soll gut ankommen und dass sie am Abend zurück ist und wir dann was kochen können. Sie nennt mich Süße und hat Herzchen auf das Papier gemalt, irgendwie gefällt mir das, obwohl ich weiß, dass sie es ironisch meint. Jori hilft mir, die Sachen nach oben zu tragen, wir sind den halben Tag beschäftigt.

Am Abend sitzen wir zu dritt in der Küche, essen Saras Curry und trinken Wein. Sara schüttelt ihre Locken mit beiden Händen, wie meine Mutter es früher getan hat, irgendwann legt sie ihre Hand auf den Tisch und Jori legt seine darüber. Ich lehne mich zurück, in mir ist alles warm. Als ich müde werde, lasse ich die beiden in der Küche sitzen. Ich gehe in mein Zimmer, lege mich ins Bett und schaue an die Decke. Draußen laufen betrunkene Studenten vorbei, sie singen ein Lied, das sich reimt.

Ich höre Sara und Jori in der Küche lachen, ich denke an einen Abend in meiner Kindheit, eine Geburtstagsfeier meiner Eltern bei uns zu Hause, Manuel und ich lagen im Bett, und draußen dieses schöne Fest, das Wissen darum, dass jemand da ist, das Gegenteil von Einsamkeit.

Am Morgen koche ich mir einen Kaffee in der Küche, während jemand duscht. Ich sage Saras Namen, denke, dass sie es sein muss.

Ne, sagt Jori, ich bin es.

Hast du doch hier geschlafen, frage ich.

Jori streckt seinen Kopf aus der Dusche und strahlt.

Ah so, sage ich.

Ich setze mich an den Tisch und höre ihm beim Singen zu. Mein Körper fühlt sich wie ein einziges Lächeln an.

Wie geht's dir, fragt Jori.

So soll es sein, sage ich.

Was, fragt er, sag mal lauter.

Es geht mir gut, sage ich.

Jori lacht. Am Küchenfenster bildet sich Kondenswasser, draußen fährt der Bus vorbei und aus Saras Zimmer höre ich die Stimme von Édith Piaf.

Cola (Let it be)

Sara kommt mit dem Telefon in mein Zimmer, sie hat den Hörer mit der Hand abgedeckt und macht ein fragendes Gesicht.

Dein Vater, sagt sie.

Ich strecke die Hand nach dem Telefon aus und nicke. Mein Vater will mich besuchen, auf dem Weg zu meiner Tante, seiner Schwester. Er sagt, wir könnten zu Mittag essen, ich lade dich ein.

Er kommt an einem Freitagvormittag, es ist Mai, aber schon warm. Ich hole ihn vom Parkhaus ab, stehe davor und zähle Autos, dann fährt er auf mich zu, mit seinem neuen Wagen, einem silberfarbenen Cabrio, er hat das Dach unten. Er winkt mit ausgestrecktem Arm, trägt seine Sonnenbrille, er sieht aus wie ins Bild geschnitten. Ich gehe ihm hinterher bis zur Parklücke, er steigt aus und reicht mir die Hand, als wolle er eine Grenze wahren und ist doch vor allem unbeholfen, wie er dasteht und die eigene Tochter begrüßt. Er erzählt mir von seinem neuen Auto, ich höre einfach zu.

Auf dem Weg zeige ich ihm die Stadt, er sagt nicht viel dazu, schaut sich nur um, sagt, dass er es schön findet, die Fachwerkhäuser mag, die Gässchen, dass es noch Einzelhandel gibt. Wir steigen die steile Treppe zu unserer WG hinauf, Sara ist in der Uni, was mich sofort erleichtert. Ich zeige ihm die Wohnung, und er betrachtet alles mit einem eigenartigen Blick, ein bisschen mitleidig, es ist für ihn ganz und gar unverständlich, dass man studieren und so wohnen will, das kann ich sehen, in der Küche duschen, in kleinen Zimmern schlafen. Ich koche uns einen Tee, er erzählt mir von seinem Urlaub auf Menorca. Dann fragt er, ob ich nicht Lust hätte, ihn am Nachmittag zu meiner Tante zu begleiten. Er sagt, er würde mich mitnehmen, mit seinem Auto. Ich sage, dass ich es mir überlege.

Komm schon, sagt er, das wäre doch schön.

Und wenn ich sage, ich komme mit, wenn du vor der Fahrt nichts trinkst, frage ich.

Er schaut mich nachdenklich an. Ich sage, dass ich mich nicht mehr zu Leuten ins Auto setze, die getrunken haben. Er blickt auf seinen Tee und dann wieder auf mich.

Gut, sagt er, dann machen wir das so.

Wir essen in einer Gaststube um die Ecke, er bestellt sich ein Schnitzel und ich mir eine Lasagne, ich trinke einen Apfelsaft dazu und er eine Cola. Es sieht seltsam aus, diese Cola in einem schmalen Glas vor meinem Vater. Ich erkläre ihm, was ich in der Uni lerne, erzähle ihm von der Vorlesung über Kunst in Wien um neunzehnhundert und meinem Seminar über Ornamentik. Sein Gesicht bleibt reglos, während ich spreche. Ich sehe, wie alt er geworden ist.

Er wartet unten auf der Straße, ich packe oben ein paar Sachen zusammen. Sara schreibe ich einen Zettel: *Ich fahre mit meinem Vater ein paar Stunden weg, komme vermutlich heute Abend mit dem Zug zurück.* Ich lese ihn noch einmal, es kommt mir plötzlich ganz eigenartig vor. Warum fahre ich eigentlich mit?

Mein Vater parkt das Auto aus, ich steige auf der Beifahrerseite ein. Er fragt, ob er das Dach runterlassen kann und ob ich einen Kaugummi möchte, was ich bejahe. Ich denke an einen Moment in meiner Kindheit, ich hatte mir den letzten Kaugummi einfach genommen, sie lagen zwischen den Sitzen neben der Handbremse, kleine Streifen in einer weißen Packung. Er hat mich derart angeschrien, dass ich gar nicht erkannte, was ich getan hatte. Erst Jahre später hatte ich verstanden, dass es nicht um den Kaugummi gegangen war, sondern darum, dass er an dem Tag nichts mehr hatte, um seinen Atem zu überdecken.

Wir nehmen die Bundesstraße und biegen dann auf eine Landstraße ab, wir fahren zwischen kleinen Dörfern, mein Vater steuert das Auto ganz ruhig, ich mag die Art, wie er gemächlich schaltet und beschleunigt. Er klappt seine Sonnenblende herunter, unter der er eine Musiksammlung hat, und legt eine CD ein. Ich höre dieses Intro von John Lennon, das ich bis heute nicht verstehe, aber schon als Kind auswendig konnte.

Dein Lieblingsalbum, sage ich.

Ja, sagt er und lächelt zu mir herüber.

Er fährt um eine Kurve und dann sind wir oben auf einem großen Hügel und fahren hinunter in ein Tal. Ich kurble das Fenster noch weiter hinunter und lege meinen

Arm auf den Rand der Autotür. Ich beginne leise zu singen, two of us riding nowhere, spending someone's hard earned pay, you and me sunday driving, not arriving on our way back home. Er klopft zum Takt auf das Lenkrad und lächelt, der Fahrtwind pustet meine Haare durcheinander, ich muss lachen. You and I have memories, longer than the road that stretches out ahead. Ich lehne mich tief in den Sitz hinein, vor uns ein Traktor und mein Vater fährt wieder langsam. Das nächste Lied beginnt, ich denke daran, wie Manuel dazu als Kind immer Luftgitarre im Wohnzimmer gespielt und sich danach rückwärts auf das Sofa geworfen hat. Mein Vater überholt den Traktor, ich schaue aus dem Fenster, sehe das nächste Dorf, eine Frau, die im Garten Wäsche aufhängt, einen Schulbus.

Ich würde meinem Vater gerne dafür danken, dass er nichts sagt, aber ich lasse es, ich könnte es nicht so sagen, wie ich es meine. Irgendwann stehen wir an einer Ampel, Sonne fällt auf mein Gesicht, ich schließe die Augen, und dann kommt eine Traurigkeit über mich, ganz plötzlich, wie ich sie schon sehr lange nicht mehr gefühlt habe, vielleicht auch noch nie, sie füllt meinen Körper aus, geht von den Schultern bis zu den Füßen. Ich betrachte meinen Vater, wie er dasitzt, ganz ruhig das Auto steuert, wie er mitsummt. And still they lead me back, to the long winding road, you left me standing here, a long long time ago.

Ich merke, wie ich manchmal Momente gegeneinander abwäge. Und mich frage, ob man das überhaupt tun darf. Ob man Szenen ausstreichen kann, die nicht ins Bild passen und für Unruhe sorgen.

Simon

Sara hat mich zu einer Party mitgenommen, ich stehe mit einem Becher Sekt in einer WG und kenne außer ihr niemanden. Ich setze mich auf ein leeres Sofa, und er setzt sich neben mich, wir lächeln uns an, keinem fällt irgendetwas ein, was er sagen könnte, wir trinken und schauen in dieselbe Richtung, es muss merkwürdig aussehen. Irgendwann dreht er sich zu mir und sagt, ich heiße Simon.

Ich treffe ihn nach diesem Abend immer wieder, in der Mensa, auf der Straße zur Uni, einmal sehe ich, wie er sein Rad schiebt, es sieht aus, als hätte es einen Platten, aber ich bin spät dran und fahre weiter zur Vorlesung. Irgendwann steht er vor mir an der Kasse des kleinen Supermarkts um die Ecke. Ich bin nicht sicher, ob er mich bemerkt, er legt die Waren auf das Band, Orangen, einen Salat, ein Päckchen Tabak. Als er bezahlt hat, bleibt er einfach stehen, so lange, bis ich dran bin, bis ich alles eingepackt habe. Dann schaut er mich an und fragt, ob er mich nach Hause begleiten darf.

Wir gehen nebeneinander die Straße entlang, er trägt seine Tasche und ich meine. Er fragt mich, was ich studiere, wo ich herkomme und wie ich die Semesterferien verbringen will, und ich versuche, die Antworten hinauszuzögern. Vor meiner Haustür bleibe ich stehen, überlege, ob ich die Tasche abstellen soll oder nicht. Er erzählt von einer Reise, die er gemacht hat, mit einem Freund nach Spanien. Ich betrachte sein Gesicht, seine gerade Nase, die schmalen Wangen, seine Augen sind grün. Ich nehme den Kassenzettel aus meiner Jackentasche und schreibe mit einem Bleistift meine Telefonnummer an den Rand, ich gebe ihm den Zettel wie eine Kassiererin. Er lacht.

Bis bald, sage ich.

Simon ruft mich tagelang nicht an, zwischendurch beginne ich zu hoffen, dass wir uns nicht zufällig treffen. Dann läutet irgendwann das Telefon.

Ich bin es, sagt er, als hätte er mich schon oft angerufen.

Du also, sage ich.

Wir verabreden uns für den nächsten Nachmittag.

Als ich im Café ankomme, ist er schon da, er sitzt mit der Jacke in der Ecke und liest in einem Buch. Ich gehe zu ihm, er lächelt mich an, steht auf und nimmt mich kurz in den Arm.

Ich setze mich zu ihm und nehme das Buch in die Hand, es ist eine Analyse zum Irakkrieg, er schaut mich fast entschuldigend an.

Er bestellt einen Cappuccino und ich einen doppelten Espresso, der Kellner stellt uns die Tassen umgekehrt hin, wir lachen und tauschen sie aus. Simon beginnt zu erzählen, und ich betrachte ihn wieder, wie er seine Haare aus dem Gesicht streicht, beim Sprechen nach unten schaut.

Wir gehen die Straße am Schloss entlang, ich nehme seine Hand. Wir laufen und reden, Simon studiert Botanik und kann zu jeder Pflanze lange Sätze bilden, ich habe das Gefühl, dass ich plötzlich nur noch Bäume und Büsche sehe. Ich stelle mir vor, wie es wäre, in ein paar Jahren alle ihre Namen zu kennen. Ich erzähle ihm von Manuel und von unserem Weinberg. An der Brücke bleibt er stehen und zeigt auf eine Stelle im Wasser.

Schau, sagt er, da unten wäre mein Vater fast ertrunken.

Ich schüttle den Kopf, bist du dir da sicher, frage ich.

Er erzählt mir die Geschichte, wie sein Vater als kleines Kind hineingefallen war und ein vorbeilaufender Mann ihn herausgezogen hatte, vor über fünfzig Jahren.

Vor meiner Haustür küsst er mich oder vielleicht küsse ich ihn. Ich stehe auf der Stufe, sodass wir fast gleich groß sind, und er hält meine Hände. Als ich ein paar Minuten später allein die Treppen hinaufgehe, ist mein ganzer Körper warm.

Pfade

Es war Manuels Idee, zur Ruine zu wandern. Wir waren als Kinder oft dort gewesen, aber nun eben seit Jahren nicht mehr und ohne unsere Eltern noch nie. Er holt mich am Bahnhof ab, mit seinem neuen Auto. Auf der Fahrt sehe ich ständig zu ihm hinüber und beobachte ihn, seinen konzentrierten Blick. Er hält an einem Waldparkplatz, auf dem nur ein weiteres Auto steht. Wir steigen aus, die Umgebung ist mir sofort vertraut. Am Fußweg finden wir eine Tafel mit Wegbeschreibungen, wir folgen der roten Markierung. Manuel geht voran, ich betrachte seinen breiten Rücken, seine großen Füße. Er beginnt ein Lied zu singen, das ich als Kind immer falsch gesungen habe, weil ich mir den Text nicht merken konnte, ich muss lachen.

Der Wald riecht feucht und nach Herbst, Blätter fallen auf uns herunter, unsere Schritte werden vom erdigen Boden gedämpft.

Wir machen eine Pause auf einer Bank und sind uns nicht sicher, ob sie schon früher hier stand und wir uns nur nicht erinnern können.

Manuel erzählt mir von seinen Kollegen, er arbeitet jetzt in einer Schlosserei, trägt tagsüber Gehörschutz und bedient Maschinen. Ich betrachte seine großen rauen Hände, die mich an die unseres Vaters erinnern. Manuel nimmt zwei Müsliriegel aus seinem Rucksack und reicht mir einen davon.

Wir essen und schauen in den Wald hinein, als würde jemand von der anderen Seite zu uns herüberschauen. Die Bäume bewegen sich langsam im Wind.

Und gehst du ihn wieder besuchen, frage ich.

Keine Ahnung, sagt er, ich fahre manchmal hin.

Und wie ist es dann?

Na ja, sagt er, wir sprechen irgendwie nicht viel.

Und wie geht es ihm?

Nicht gut, sagt Manuel, weißt du ja, er bekommt es halt nicht in den Griff.

Was meinst du, das Leben oder den Alkohol?

Denkst du, da gibt es noch einen Unterschied, fragt Manuel.

Wir laufen noch etwa einen Kilometer, dann sind wir da. Zwischen den Bäumen ragt der einzige Burgflügel auf, der noch steht. Die Ruine ist viel kleiner als in meiner Erinnerung, und doch erkenne ich gleich die Details, den Burggraben, unter dem man noch durchgehen kann, wie die Eiche jetzt im Burginneren steht und alles mit ihren Ästen bedeckt.

Manuel legt Holz in die Feuerstelle und schichtet es, wie unser Vater es uns beigebracht hat, Indianerfeuer, er zündet es an. Ich setze mich zu ihm und lege meine Beine auf die Bank, ich beobachte seine Bewegungen, die Ernsthaftigkeit darin. Die Flammen werden höher und gehen auf die großen Scheite über. Manuel schaut mich an, ich versuche in seinem Gesicht Spuren des Zehnjährigen zu finden, der er einmal war. Es gelingt mir nicht mehr, sogar seine Haarfarbe hat sich verändert.

Auf dem Rückweg gehe ich vor. Als wir am Parkplatz ankommen, wird es schon dunkel. Manuel fährt mich mit dem Auto zum Bahnhof, er steigt nicht aus, sondern nickt nur in meine Richtung, als würde er mich in einer Stunde schon wieder abholen.

Ciao Kleine, sagt er.

Wir verabreden uns zum Telefonieren. Ich lege kurz meine Hand auf seine, steige aus dem Auto und gehe hoch zum Bahnsteig. Im Zug sitzt mir eine junge Frau mit blauen Haaren gegenüber, sie schaut auf meine schmutzigen Schuhe und lächelt mich an.

Zum Meer

Die Gipfel der Berge sind im Nebel fast nicht zu erkennen. Neben der Autobahn grasen Kühe auf hellgrünen Wiesen. Ist es nicht schön, fragt Simon und lehnt sich über das Lenkrad nach vorne. Kurz vor dem Tunnel legt er Morcheeba ein. Ich betrachte sein Gesicht, seine Züge sind von der Seite sehr weich. Ich ziehe mir die Decke bis zur Schulter hoch und schließe die Augen, ich sehe Wellen vor mir, klares Wasser, und denke an das Gefühl von warmem Sand an den Füßen.

Die Straßenkarte liegt auf meinen Oberschenkeln, so gefaltet, dass ich den Ausschnitt, den wir gerade brauchen, gut sehen kann, aber nach der Grenze verpasse ich es, die Abfahrt rechtzeitig anzukündigen.

Nein, sage ich, wir hätten da lang müssen, ich zeige in die Gegenrichtung.

Scheiße, sagt Simon, er schaut nach einer Möglichkeit, die Spur zu wechseln, aber es kommt keine, stattdessen fährt er an einer Raststätte ab. Meine Hände zittern, ich schaue aus dem Fenster, dann drehe ich meinen Kopf zu ihm, es tut mir leid, sage ich, ich spüre einen Kloß im Hals.

Simon parkt den Wagen, Teresa, sagt er, alles gut, wir

haben uns nur verfahren. Ich lehne mich zurück und schaue geradeaus auf den Lastwagen, der vor uns steht, auf der Plane sind drei lachende Tomaten aufgedruckt.

Lass uns einen Kaffee trinken, sagt Simon.

Wir steigen aus und gehen an parkenden Motorrädern vorbei. Drinnen setzen wir uns direkt an die Theke, die Kellnerin hat breite Lippen und trägt eine rote Uniform mit einem kleinen Namensschildchen. Simon bestellt zwei caffè macchiati, die Frau reicht ihn uns in kleinen Tassen über die Theke. Ich frage sie, ob sie eine Pension in der Nähe kennt, sie nickt und schreibt mir einen Namen auf.

Am nächsten Tag kommen wir in Florenz an. Wir bauen das Zelt auf dem Campingplatz auf und gehen dann durch die Stadt, wir lesen die Menütafeln vor den Restaurants und verbringen eine Stunde in einem Laden mit alten Karten, wir beobachten die Schlange vor dem Palazzo Vecchio. Später sitzen wir in einem Café, ich lese und Simon schaut den Menschen zu. Irgendwann fragt er mich, warum ich nie mit meinen Eltern in der Stadt war, sondern immer nur in der Nähe.

Ich weiß es eigentlich nicht, sage ich und erkläre ihm, dass mein Vater keine Städte mag und ich erst sehr spät verstanden habe, wie nah das alles ist, Florenz, Siena, Pisa. Simon beobachtet mein Gesicht, während ich erzähle, als würde er darin etwas ganz Bestimmtes finden wollen.

Sollen wir mal deinen Baum besuchen, fragt er dann.

Welchen Baum, frage ich zurück.

Na den, von dem du damals gefallen bist, sagt er.

Am nächsten Morgen frühstücken wir vor dem Zelt und fahren dann Richtung Osten. Ich erkenne den Ort sofort, als wir auf der Hauptstraße sind. Rechts ist der Gemüseladen, in dem ich damals mit meiner Mutter eingekauft habe, wir hatten immer einen Korb dabei und manchmal trödelten wir auf dem Heimweg. Daneben ist jetzt ein Laden für Badekleidung und Plastiktiere zum Aufblasen, ich erzähle Simon von Manuels grünem Drachen, davon, wie er ihn jahrelang in jeden Urlaub mitgenommen hat.

Am Rand des Ortes stehen wir dann direkt davor.

Ja, sage ich, das ist es.

Die Pension hat noch denselben Namen, aber die Wände sind jetzt gelb gestrichen und der Parkplatz ist asphaltiert. Simon parkt das Auto und wir steigen aus. Wir gehen um das Haus herum, es ist alles noch da, sogar die Terrassen haben noch dieselben Fliesen, dahinter der kleine Trampelpfad runter zum Pool.

Eine Frau mit langem Haar und Sonnenbrille sitzt in einem Liegestuhl und liest, sie hebt den Kopf, may I help you, fragt sie, vermutlich wundert sie sich über uns.

No, sage ich, thank you.

Wir gehen ein Stück weiter und dann steht er plötzlich vor uns, ich zeige mit ausgestrecktem Arm auf ihn.

Der, sage ich.

Das ist er also, sagt Simon.

Wir bleiben einfach stehen und schweigen und dann sagt Simon, das ist ein Nussbaum.

Ich hebe die Schultern und weiß nicht, was ich sagen soll.

Auf dem Rückweg gehen wir wieder an der Frau vorbei, diesmal hebt sie ihre Sonnenbrille und schaut uns direkt an.

Haben Sie was verloren, fragt sie.

Ich bin irritiert davon, dass sie plötzlich Deutsch spricht, nein, sage ich, wir haben nichts verloren.

Zwei Tage später brechen wir auf zum Meer. Wir packen die Sachen einfach irgendwie ins Auto, ich lege CCR ein, auf dem Cover eine amerikanische Bar mit Leuchtreklame. Wir sind in weniger als zwei Stunden da, Simon parkt den Wagen. Wir ziehen uns Badesachen an, werfen unsere Kleider auf den Rücksitz und rennen zum Strand. Im bauchhohen Wasser bleiben wir kurz stehen, dann tauchen wir unter.

Besuch

Im Spätsommer fahre ich mit Simon in unser Dorf. Ich zeige ihm die Weinberge, die jetzt verpachtet sind, wir fahren die kleinen Straßen hinauf, halten vor unserer Hütte und schauen ins Tal. Von oben sieht man die unterschiedlichen Traubensorten, die Farben der Blätter, es sieht aus wie ineinandergewobene Teppiche, das Dorf ist winzig. Wir sehen Traktoren, die zwischen den Reihen fahren, es riecht nach Gras und jungen Trauben, fruchtig und feucht.

Wir parken vor dem Haus meines Vaters, vor unserem Haus, und steigen aus. Ich sehe die braune Haustür aus Metall, die beiden großen Garagentore, den geschwungenen Gartenweg. Die sandfarbene Fassade ist fleckig geworden und die Zypresse im Vorgarten müsste geschnitten werden. Ich beobachte Simon, wie er sich alles ansieht, dann zeige ich auf das Fenster zu meinem alten Zimmer, das ist es, sage ich, das war meins.

Wir klingeln und gehen hinein. Mein Vater kommt uns entgegen, er scheint viel kleiner zu sein als bei unserem letzten Treffen vor einem halben Jahr. Als er uns die Hand gibt, sehe ich, dass seine Wangen gerötet sind, wie faltig seine Haut ist.

Er sagt zu Simon, dass er sich freut, ihn kennenzulernen. Wir gehen hinter ihm her in die Küche, er geht gebückt, sein Gang hat etwas Schwerfälliges. Im Flur stehen zwei Kästen Bier und eine Tüte mit Altglas. Er kocht Kaffee, mit der alten Kaffeemaschine, noch immer habe ich mich nicht an den Anblick gewöhnt, daran, wie er Hausarbeiten verrichtet, als wollte er sich damit seiner Selbstständigkeit versichern. Er schenkt uns Kaffee ein, in die flachen weißen Tassen, die wir schon in meiner Kindheit hatten. Wir tragen sie ins Esszimmer und setzen uns. Auf dem Tisch stapeln sich Dokumente, ich sehe ungeöffnete Post, ein Block liegt daneben, handschriftliche Notizen, ein Brieföffner, ein Taschenrechner.

Mein Vater fragt Simon, was er arbeitet. Simon erzählt ihm von seinem Studium und von dem Projekt über alte Streuobstbestände, an dem er beteiligt war. Mein Vater nickt anerkennend, Simon fährt sich mit den Händen durchs Gesicht und schaut immer wieder zu mir. Ich betrachte die Briefumschläge, nehme einzelne Worte wahr, ohne sie richtig zu lesen.

Mein Vater sagt, dass er jetzt krankgeschrieben ist, schon seit ein paar Wochen nicht mehr in der Firma war.

Wir schweigen und rühren in den Tassen, mein Vater lächelt Simon an, etwas in diesem Lächeln macht mich wütend.

Ich schenke mir Kaffee nach und stehe auf, gehe ans Fenster und schaue hinaus, mein Vater erzählt mir, wem jetzt die Wiese hinter dem Bach gehört und dass die Hütte, die dort steht, noch erweitert wird.

Ich stelle meine Tasse auf den Tisch zurück und gehe zur Toilette, auf dem Weg stoße ich die Schlafzimmertür auf und sehe hinein, bleibe im Türrahmen stehen. Das Bett ist zerwühlt, das Zimmer ungelüftet, auf dem Nachttisch ein Stapel Medikamente und zwei leere Bierflaschen.

Als ich zurückkomme, lacht mein Vater gerade über etwas, was Simon gesagt hat, und fragt dann, ob wir zum Abendessen bleiben. Simon wartet ab, ich schüttle den Kopf.

Wir haben noch was vor, sage ich.

Wir trinken die dritte Tasse Kaffee, mein Magen fühlt sich flau an, aber ich habe das Gefühl, dass ich es nur so aushalten kann, mit dieser warmen Tasse in der Hand und dem Geruch nach aufgebrühten Bohnen unter der Nase.

Später bringt mein Vater uns zur Tür, er bedankt sich dafür, dass wir da waren, er sagt, er habe sich schon die ganze Woche auf unseren Besuch gefreut und dass ich Manuel unbedingt grüßen soll.

Ich sage nichts dazu, nicke nur, ein großer Kloß sitzt in meinem Hals, ich versuche ihn hinunterzuschlucken. Simon gibt ihm die Hand und geht nach draußen, mein Vater lächelt mich an und sagt, ich mag ihn, deinen Simon.

Er legt mir die Hand auf die Schulter, für einen Moment.

Mach es gut, sage ich.

Im Auto sage ich nichts, Simon schaltet das Radio an, die Sprecherin erzählt von einem Pferd, das über die A 81 rennt, und ich stelle mir vor, wie es dabei aussieht, mit braunem Fell und weit aufgerissenen Augen.

Suppe

Ich bin da, sagt meine Mutter durch das Telefon. Sie fragt, ob einer von uns ihr beim Tragen helfen kann.

Klar, sage ich und lege auf.

Simon geht durch die Wohnungstür in den Hausflur, ich trete ans Fenster, sehe, wie meine Mutter unten auf dem Platz steht und das Haus betrachtet, ich winke ihr, aber sie scheint mich nicht zu sehen. Sie räumt eine Kiste und einen großen Korb aus dem Kofferraum, stellt sie neben das Auto und schließt ab. Dann geht Simon quer über den Platz auf sie zu, sie umarmen sich kurz, er trägt die Kiste, meine Mutter schultert ihre Ledertasche und nimmt den Korb am Henkel, sie läuft leicht gebückt hinter Simon her, ihre blonden Locken schaukeln.

Ich gehe ins Treppenhaus, höre, wie unten die Haustür zufällt und die beiden sich unterhalten, wie sie lachen, ihre Stimmen klingen schön zusammen. Oben lächelt sie mich an, stellt den Korb ab und umarmt mich lange.

Echt weit oben, sagt sie.

Warte, bis du den Blick aus dem Fenster siehst, sage ich und gehe hinein, meine Mutter folgt mir. Sie zieht ihre Jacke aus, ich lege sie über eine Kiste im Flur, die Hakenleiste steht noch aufrecht an der Wand.

Wir gehen durch das Wohnzimmer, die Holzdielen knarzen unter unseren Schritten, sie schaut aus dem Fenster. Der Platz ist rechteckig, gerahmt von vierstöckigen Jahrhundertwendehäusern in unterschiedlichen Farbtönen, in der Mitte ein großer Brunnen, und an den Häuserreihen entlang stehen dichte Lindenbäume, die zu dieser Jahreszeit ihre Blätter verlieren.

Und, frage ich.

Toll, sagt sie, da habt ihr euch echt entwickelt.

Ich muss lachen.

Ich habe euch Kürbissuppe mitgebracht, sagt sie.

Ach Mama, sage ich, du hast doch genug zu tun.

Lass mich das doch für dich tun, sagt sie und nimmt meine Hand.

Machst du uns einen Kaffee, fragt sie.

Während das Wasser kocht, zeige ich ihr das Badezimmer, den Holzschrank, den Simon angepasst hat. Im kleinen Schlafzimmer zum Hinterhof bleibt sie lange am Fenster stehen, Tauben sitzen auf den Dächern gegenüber, eine lange Wäscheleine zieht sich quer über den Hof, kleine T-Shirts und gepunktete Hosen hängen daran. Ich frage mich, worüber sie nachdenkt.

Wir trinken Kaffee auf dem Balkon, stehen nebeneinander, mit den Tassen in den Händen, es ist kühl, Simon dreht sich eine Zigarette.

Hier ist dann nächstes Jahr alles voller Tomaten, sagt sie und schaut erst Simon an und dann mich, in ihrem Blick etwas Anerkennendes, als hätte ich etwas sehr gut gemacht, und trotzdem versetzt mir dieser Blick einen Stich, vielleicht, weil ich weiß, dass uns jetzt etwas endgültig unterscheidet.

Meine Mutter wischt mit mir die Küchenschränke feucht aus, dann räumen wir die Kisten aus, Simons Gläser und das rote Geschirr aus Saras und meiner WG, das Besteck meiner Großmutter. Ich erzähle ihr, dass sich Sara und Jori zusammen ein altes Haus mit Garten gekauft haben, und sie erzählt von ihrer Arbeit im Büro, dass sie aufgestockt hat und voll arbeitet, dass das Geld jetzt endlich reicht. Sie trägt ihre Haare kürzer, streicht sie immer wieder hinter das Ohr, sie redet lauter als sonst, sie lacht viel. Um ihren Mund sehe ich kleine Falten, aber wenn sie mich ansieht, während sie erzählt, bewegen sich ihre hellen Augen immer noch schnell, ihre Hände gestikulieren und ihre Stimme klingt noch immer wie die einer jungen Frau.

Simon wärmt die Kürbissuppe auf der Ersatzkochplatte auf, er rührt im Topf, dann gießt er sie in drei Teller. Wir sitzen in der Küche, zwischen leeren Umzugskartons, unsere erste richtige Mahlzeit in dieser Wohnung. Die Suppe schmeckt kräftig und gut, wir essen frisches Brot dazu und trinken Limonade aus Tassen.

Als Simon wieder ins Schlafzimmer verschwindet, fragt meine Mutter, ob ich etwas von meinem Vater weiß, ob wir telefonieren.

Nicht mehr als sonst, sage ich.

Ich erzähle ihr, dass er manchmal gar nicht ans Telefon geht und er mir noch vergesslicher vorkommt als bisher.

Ich glaube, er ist krankgeschrieben, sagt sie, also dauerhaft.

Sie blickt mich an, ihre Augen verdunkeln sich, und

dann sehe ich, wie ihr die Tränen kommen. Sie legt ihre Hand auf den Tisch und ich lege meine darüber, so sitzen wir da und sagen nichts, aber wir schauen uns an, wir halten den Blick.

Irgendwann sagt sie, dass sie fahren muss, solange es noch hell ist. Sie steht auf und packt ihre Sachen zusammen, sie möchte nicht, dass ich sie nach unten begleite.

Ihr habt noch genug zu tun, sagt sie.

Sie umarmt mich kurz und fest.

Ich komm bald wieder, sagt sie.

Als sie unten auf dem Platz steht, winken Simon und ich aus dem Wohnzimmerfenster. Diesmal sieht sie hoch.

Auberginen

Als mein Vater stirbt, koche ich Auberginen in Saras Küche. Es sind Auberginen aus ihrem Garten, sie hat sie im Sommer geerntet und eingekocht. Ich schneide Zwiebeln klein, wir braten sie in Olivenöl an, legen die Auberginenstücke dazu, wir geben Tomaten hinein, Knoblauch auch. Dazu will Jori Nudeln machen. Sara wirft Holz in den Kachelofen.

Mein Telefon läutet und zeigt den Namen meiner Tante, ich gehe hinaus in den Flur, weil es in der Küche so laut ist, die beiden sprechen über eine Obstwiese, die sie im Frühjahr pachten wollen, und über dem Herd summt die Dunstabzugshaube.

Meine Tante sagt nicht viel, nur meinen Namen, als wolle sie sich versichern, dass auch wirklich ich am anderen Ende der Leitung bin, und: dein Vater ist gestorben.

Ich frage sie, ob sie das noch mal sagen kann, obwohl ich es beim ersten Mal schon verstanden habe. Kannst du das noch mal sagen, ich habe dich nicht richtig gehört. Und sie sagt, Teresa, dein Vater ist gestorben, vor einer halben Stunde.

Ich setze mich auf die Steintreppe im Flur, meine Tante spricht von einem Schwächeanfall, von einem Krankenwagen und meinem Großvater, der diesen Krankenwagen gerufen hat, von einem möglichen Herzinfarkt, von einem Anruf aus dem OP. Ich sage nicht viel dazu, nichts, an das ich mich später erinnern werde. Wir verabreden uns für nachher und ich bedanke mich und lege auf. Ich lehne meine linke Schläfe an die Wand, mein Kopf passt genau unter dem Handlauf durch, der Putz an der Wand fühlt sich sehr rau an, und das Raue beginnt mich zu beruhigen. Ich denke an meine Großeltern und stelle mir vor, wie sie jetzt ihr Abendbrot wegräumen, wie sie die Butter auf dem kleinen Edelstahlteller in die Küche tragen, zwei Holzbretter und eine leere Kanne aus gelbem Porzellan, an deren Grund ein nasser Zweig Pfefferminze klebt. Ich denke, dass ich jetzt wieder zu Sara in die Küche gehen sollte, dass sie bestimmt darauf wartet, dass ich das Basilikum zerpflücke, und dann denke ich, dass mein Vater nicht mehr lebt.

Eine Stunde später sitzen wir immer noch am Küchentisch, Sara und Jori schauen aneinander vorbei, ihre Blicke sind unsichtbare Linien, die sich nicht treffen. Sara hält meine Hand. Sie hat mir einen Kaffee gekocht, er ist zu stark geworden, ich trinke ihn trotzdem. Draußen beginnt es zu schneien. Ich beobachte, wie ihre Hühner sich schutzsuchend an die Hecke drücken. Ich bin froh, dass Sara und Jori nichts mehr sagen, ich bin froh, dass wir so wenig reden, ich erwische mich bei dem Gedanken, dass es gut ist, dass mich diese Nachricht hier erreicht hat, in diesem Haus, in dem keiner der Räume so vertraut ist, als dass ich ihn nicht noch einmal ganz anders betrachten könnte.

Als es klingelt, gehe ich zur Tür, meine Mutter steht vor dem Haus und lächelt mühevoll, sie kommt herein und nimmt mich in den Arm, sie streichelt mir den Rücken. Sara und Jori treten in den Flur, sie schauen uns an und weichen zurück, als wäre es nicht ihr Haus, in dem wir stehen.

Meine Mutter fragt mich, ob wir loskönnen. Ich gehe noch mal zurück in die Küche, um meine Tasche zu holen. Auf der Arbeitsplatte liegt das ungewaschene Basilikum. Die Auberginen kochen nicht mehr, jemand hat den Herd ausgestellt, ich kann nicht sagen, wer von uns es war.

Im Auto stelle ich mir vor, wie mein Bruder mit den anderen im alten Vereinsheim sitzt, auf dem braunen Sofa, wie er Bier aus einer Dose trinkt, wie er über einen Scherz lacht. Als wir am Parkplatz ankommen, stehen die Leute rauchend um die Feuerstelle, Karina ist dabei, sie schaut uns an, mich und meine Mutter, dann geht sie direkt auf uns zu und bleibt vor mir stehen. Sie wartet ab, als würde sie an meinem Gesicht etwas erkennen.

Kannst du Manuel holen, ich muss ihn sprechen, ich sage nur diesen einen Satz zu ihr.

Karina fragt nicht nach, sie geht hinein und kommt nach einer Weile mit Manuel zusammen heraus. An den Moment danach erinnere ich mich nur noch in unscharfen Bildern. Manuel sieht mir lange in die Augen, er hält mich an beiden Händen. Er entscheidet, dortzubleiben, eine Freundin von ihm sagt mir, sie würde sich um ihn kümmern. Meine Mutter und ich gehen zurück zum Auto, wir steigen ein und warten ein paar Minuten, dann fahren wir los.

Wenig später sitzen wir bei meiner Tante am Esstisch. Sie bietet uns Plätzchen an und erzählt davon, wie es war, meinen Vater diese Woche zu sehen, sie erzählt vom Abendessen bei meinen Großeltern, von seiner Schmächtigkeit, von ihrer Sorge. Sie hat glänzende Augen und ihre Nase läuft.

Ich versuche mir vorzustellen, wie er ausgesehen hat, sein blauer Pullover, der ihm zu groß geworden war, sein schwarzes Haar schütter und die Haut an seinen großen Händen faltig und rot.

Ich denke an den Stuhl, auf dem er bei meinen Großeltern immer saß, Eiche mit einem Ausschnitt in der Rückenlehne in der Form eines breiten Blattes, das Polster ein dunkelgrünes Blumenmuster.

Mein Onkel kommt herein und setzt sich zu uns, er sagt, mein Beileid, er meint meine Mutter und mich. Mir wird klar, dass das noch nie jemand zu mir gesagt hat und dass ich das jetzt oft hören werde, von verschiedenen Stimmen und vielleicht auch dann, wenn ich gar nicht damit rechne. Mein Onkel sagt, wie dankbar er sei, dass er meinen Vater besucht hat, dass er ihn, wie er betont, noch einmal hat sehen können. Als wäre das letzte Sehen wichtig, als wäre einer solchen Szene immer schon der Abschied eingeschrieben, auch wenn man das gar nicht weiß. Ich habe Angst, dass mich jemand fragt, wann ich ihn zum letzten Mal gesehen habe.

Ich rühre in meinem Tee, nehme den Beutel heraus, es ist ein Satz auf dem kleinen Schildchen abgedruckt. *Reise mit leichtem Gepäck.*

Ich rufe meinen Großvater an, ich frage ihn, ob ich etwas tun kann, ob ich noch vorbeikommen soll.

Er räuspert sich, er sagt, dass draußen viel Schnee liegt und ich den langen Weg nicht mehr fahren soll.

Deine Oma und ich, sagt er, sind jetzt sehr müde.

Am späten Abend kommt Simon zu mir, wir verbringen die Nacht auf dem Schlafsofa in der Wohnung meiner Mutter. Irgendwann wache ich auf und dann lässt mich das Wissen um das, was passiert ist, nicht mehr einschlafen. Ich gehe in die Küche und finde dort Manuel, der müde einen Tee aufgießt. Simon kommt dazu, Manuel nimmt drei Tassen aus dem Schrank und schenkt ein, zu dritt sitzen wir auf der Küchenbank, die Jungs in Boxershorts, wir rühren in den Tassen. Ich betrachte den Dampf, der aus der Kanne steigt.

Ich will da morgen nicht mit, sagt Manuel.

Ja, sage ich, du kannst einfach hierbleiben.

Mir ist am ganzen Körper kalt, Simon legt den Arm um mich. Ich denke, dass es mir jedes Jahr von Neuem unmöglich ist, mich im Winter daran zu erinnern, wie sich der Sommer anfühlt.

Am nächsten Morgen fahren wir ins Krankenhaus und holen die Sachen meines Vaters ab. Mein Großvater, meine Tante und ich. Im Auto denke ich, dass wir in dieser Konstellation noch nie etwas zusammen unternommen haben. Mein Großvater parkt, wir gehen den schmalen Weg zwischen Birken hindurch, das Krankenhaus ist klein, die Glastüren öffnen sich automatisch.

Ich sage am Empfang, dass mein Vater gestorben ist und wir etwas abholen sollen. Die Frau schaut mich mitfühlend an, dann erklärt sie uns den Weg zum OP. Wir gehen einen langen Flur entlang, darin ein Schild, auf dem die Abteilungen des Krankenhauses aufgereiht sind. Kardiologie, Urologie, Geburtsstation. Ich wurde in diesem Krankenhaus geboren. Vor dem OP gehen die Menschen viel schneller, alles bewegt sich auf eine hektische Weise. Eine Schwester fragt uns, wohin wir wollen.

Wir sollen etwas abholen, sage ich, in der Hoffnung, dass ihr das genügt, dass sie sofort versteht, aus welchem Grund wir da sind. Aber sie fragt mich, was wir abholen wollen.

Mein Vater ist hier gestorben, gestern, sage ich.

Sie nickt und bittet uns zu warten. Eine junge Assistenzärztin kommt heraus, sie fragt noch einmal nach unserem Nachnamen, dann überreicht sie mir einen weißen undurchsichtigen Plastiksack.

Ich erkenne in ihrem Gesicht, dass sie überlegt, ob sie etwas Tröstendes sagen soll. Ich sehe in den Plastiksack hinein, darin liegen die silberne Uhr meines Vaters, sein schwarzer Geldbeutel aus Leder und ein zusammengefalteter Tankbeleg. Ich bedanke mich, dann piept ihr kleines Gerät und sie verabschiedet sich schnell.

Wir stehen im Flur und wissen nicht, ob wir noch warten müssen, ob wir noch etwas tun sollen, ein Formular ausfüllen, eine Frage beantworten, etwas entscheiden.

Das wars, sagt mein Großvater.

Wir gehen den langen Flur zurück und aus dem Krankenhaus hinaus, die Glastüren öffnen sich wieder, draußen ist es kalt, die Birken biegen sich im Wind, zwei Patienten mit Infusionsbeuteln gehen spazieren und eine schwangere Frau lehnt sich schwer atmend gegen eine Bank.

Wenn ich an diese zwei Tage denke, merke ich, dass mir Teile fehlen, dass ich mich an Gesichter erinnern kann, an Farben, aber nicht an die Gespräche. Ich erinnere mich an wenig Gesagtes.

Im Haus

Im Flur riecht es nach ungelüfteten Räumen, schwer und süßlich. Immer bin ich verwundert darüber, wie vertraut mir alle Dinge hier sind und wie fremd mir gleichzeitig der Geruch ist, der alles überlagert, auch das Bekannte, die dunklen Türen, die hellen Fliesen, die Form des Geländers, der Blick aus dem Flurfenster. Ich weiß nicht, was ich als Nächstes tun soll, Manuel steht neben mir und schaut mich an. Ich gehe ins Bad und sehe auf das Waschbecken, eine Zahnbürste in einem Glas, eine graue Schlafanzughose hängt über der Badewanne. Ich sehe in den Spiegel, meine Nase ist gerötet, unter den Augen dunkle Ringe. Ich bin erschöpft. Manuel sagt noch immer nichts.

Im Schlafzimmer das Bett, das Laken fehlt, die Matratze liegt frei, auf dem Holzrahmen verwischte Blutflecken. Ich stelle mir vor, wie die Sanitäter meinen Vater die Treppe hinabtragen, wie mein Großvater hier steht, bevor er seine Tochter anruft, wie er das Laken abzieht, es zerknüllt und mit einem Taschentuch hektisch den Rahmen abwischt.

Mein Bruder und ich sehen uns in die Augen.

Sag etwas, sage ich.

Er atmet schwer aus und hebt die Schultern. Ich gehe

zum Fenster und versuche es zu öffnen, es klemmt. Der Blick auf den Bach, dahinter die Wiesen, die Bäume tragen keine Blätter, der Schnee geht in Regen über. Manuel drückt mit der rechten Hand gegen den Rahmen und dreht am Griff, das Fenster öffnet sich, ein kühler Wind weht uns ins Gesicht.

Im Wohnzimmer fehlt unser altes Bücherregal, auf einem Glastisch vor dem Sofa liegt eine Fernsehzeitung, auf diese Woche aufgeschlagen, und darauf die Fernbedienung, Taschentücher, eine Schale mit Nüssen. Im Esszimmer auf dem Tisch Stapel von Dokumenten, ich nehme einen ungeöffneten Brief in die Hand, dessen Absender mir nichts sagt. Sechs Stühle, die eng am Tisch stehen. An der Wand hängt ein Kunstdruck mit einer Meerlandschaft, den ich nicht kenne, ein Sandstrand, Dünen, ein Fischerboot in Blautönen. In der Küche schließlich ein Teller auf der Arbeitsplatte, darauf ein Brot mit Käse, zur Hälfte abgebrochen, gegessen, eine eingelegte Gurke. Mein Bruder nimmt den offenen Salzstreuer und lässt ihn zuschnappen. Ich öffne den Kühlschrank, ich finde eine angeschnittene Butter, einen Topf mit Maultaschen in der Brühe, daneben Aprikosenmarmelade.

Ich merke, wie sich in meinem Hals etwas verengt, wie es schwer wird, Luft zu bekommen, ich lehne mich nach hinten an den Schrank, meine Augen werden nass, und dann beginnt alles zu verschwimmen, ich sehe die Küche nur noch in Farben, in Tönen von Beige und Grün. Manuel hält mich fest, er zieht mich an sich heran, mein Gesicht verschwindet unter seinem Arm, ich atme, ich atme in ihn hinein.

Kaffee

Wir sitzen zu viert um den runden Tisch, meine Mutter, meine Tante, Manuel und ich. Die Bestatterin schiebt eine Papierbox mit Taschentüchern in die Mitte, öffnet ihr Ringbuch und macht sich Notizen, sie fragt nach dem Geburtsdatum meines Vaters, das wir alle gleichzeitig sagen, nach dem Sterbedatum. Mein Bruder kaut auf den Fingernägeln, meine Tante weint.

Wir müssen entscheiden, ob wir vor der Urnenbeisetzung noch eine Feier am Sarg wollen, und ob mein Vater seine eigenen Kleider tragen wird. Die Bestatterin verwendet Vokabeln, die mir unheimlich sind, Sterbeurkunde, Aussegnungshalle, Trauerfeier. Sie zeigt uns die Särge in einem Nebenzimmer, meine Mutter geht direkt hinter ihr her. Die Särge stehen übereinander, ich denke an ein Bild, das ich einmal in einer Reisezeitschrift gesehen habe, Schlafkojen in einem japanischen Hotel.

Die Bestatterin erklärt uns, dass die Beschläge vor dem Krematorium erst wieder abgeschraubt werden müssen, weil Metall nicht ins Feuer soll.

Mein Bruder flüstert mir ins Ohr, dass sie die sicher bei den Nächsten einfach wieder dranschrauben. Ich muss lachen, die Bestatterin schaut mich irritiert an.

Meine Mutter schlägt uns einen einfachen Sarg und eine Urne aus hellem Holz vor. Ich soll noch Wäsche für den Sarg aussuchen. Die meisten Decken haben viel Spitze, ich kann mir nicht vorstellen, wie mein Vater unter einer solchen Decke aussehen soll, wie er überhaupt aussehen wird, haben Sie nicht was Schlichtes, wir bekommen einen einfachen Stoff aus einer Schublade. Die Bestatterin schreibt alles mit, sie geht zwischendurch ans Telefon. Dann reicht sie das Auftragsformular an uns.

Sie muss unterschreiben, sagt meine Mutter und zeigt auf mich.

Am nächsten Tag fahren meine Mutter und ich zum Pfarrhaus. Der Pfarrer öffnet uns die Tür und stellt uns einen Hagebuttentee und zwei Tassen auf den Tisch, in seinem Büro erstreckt sich über die ganze Wand eine Fotografie von Jerusalem, vom Ölberg aus aufgenommen. Das Fenster zeigt raus auf die Kirche unseres Dorfes und auf die kleine Bushaltestelle.

Wir besprechen, welche Lieder gesungen werden sollen und der Pfarrer stellt uns Fragen über die letzten Jahre im Leben meines Vaters, wann er aufgehört hat zu arbeiten. Meine Mutter ist erstaunt darüber, wie viel er von ihm weiß. Er behandelt mich höflich, er duzt mich. Seine Haare sind grau geworden seit meiner Konfirmation, und er erzählt mir, dass er bald in den Ruhestand geht. Ich erinnere mich an einen Streit, den ich mit ihm hatte, als es um die Zehn Gebote ging, weil ich mit zweien nicht einverstanden war, weil ich sie unvollständig fand. Er hatte mich wie eine Unruhestifterin behandelt. Jetzt fragt er mich nach meinem Studium und schaut mich anerkennend an, meine

Mutter lächelt. Er stimmt ein in ein Lied, das er gern singen würde, und macht sich Notizen mit einem Bleistift. In Jerusalem steht die Sonne hoch, die Kuppel des Felsendoms glänzt.

Drei Tage später sitze ich neben Simon im Wohnzimmer meiner Großeltern. Meine Tante kommt herein, sie trägt einen schwarzen Pullover und eine schwarze Hose. Sie blickt zu mir herunter, ihre Wimperntusche ist verschmiert. Ich stehe auf und nehme sie in den Arm.

Meine Mutter streckt den Kopf herein, will noch jemand einen Kaffee, fragt sie.

Wir gehen in die Küche, Manuel lehnt am Herd, meine Großmutter sitzt im Rollstuhl und schaut mich traurig an. Meine Mutter schenkt jedem eine Tasse ein, für meine Tante und meine Großmutter schwarz, für die anderen mit einem Schuss Milch.

Mein Großvater kommt dazu, mit Hemd und Krawatte, wie ich ihn noch nie gesehen habe. Ich frage mich, wie alt sein Anzug ist und was der Anlass war, ihn zu kaufen. Er mustert uns alle einmal, als würde er uns zählen, als wolle er prüfen, ob wir alle da sind, dann trinkt er einen Schluck Kaffee und geht wieder ins Bad.

Die erste Reihe ist für uns reserviert, dahinter sind die Bänke schon voll, ich sehe Nachbarn in dicken Wintermänteln und Menschen, deren Gesichter ich kenne, aber deren Namen ich vergessen habe. Schräg gegenüber sitzen die Friesens, alle vier nebeneinander, als wären sie eben aus ihrem Haus gekommen und hierhergelaufen, dabei sind Moritz und sein Bruder auch aus der Stadt angereist. Hinter ihnen sitzt Karina, mein Blick bleibt an ihrem hängen, sie hebt ganz leicht die Hand und zieht sie dann zurück, als hätte sie etwas Unpassendes getan, und diese Geste macht mich in dem Moment ganz ruhig. Der Pfarrer nickt uns freundlich zu, Simon schiebt Oma neben mich, beim Singen lege ich den Arm um sie. Hinter uns flüstern Leute. Als mein Bruder und ich zum Sarg gehen, spüre ich die Blicke des Dorfes in meinem Rücken. Ich bleibe einen Moment zu lange stehen.

Im Wirtshaus gibt es kleine Schnitzel für alle, der Wirt und meine Mutter duzen sich. Mein Großvater trinkt einen Rotwein, der Pfarrer setzt sich neben mich und fragt, was ich nach meinem Studium machen will. Ich esse Kartoffelsalat und bestelle mir einen Espresso. Moritz sitzt mir gegenüber, er schaut mich erwartungsvoll an.

Ich hab sie gesehen, sage ich, seid ihr noch zusammen?

Moritz schüttelt den Kopf, aber er lächelt dabei.

Im Auto fragt mich Simon, welche Musik ich hören will. Im Handschuhfach finde ich eine alte CD von Nirvana, die ich seit Jahren nicht gehört habe.

Ich frage mich, ob sie ihn schon abgeholt haben, sage ich und schaue aus dem Fenster.

Vermutlich, sagt Simon.

Die Bäume ziehen an uns vorbei, schon wieder regnet es, all in all is all we all are, singt Cobain.

Schnee

Drei Wochen nach Weihnachten parke ich das Auto neben der Friedhofsmauer, Simon und ich steigen aus. Mein Großvater winkt schon, meine Tante hält einen Strauß mit Rosen in der Hand. Zusammen laufen wir den Hügel hinauf, Manuel schiebt Oma, der Rollstuhl bleibt immer wieder im Schnee stecken.

Die Beamtin trägt eine blaue Uniform und lächelt freundlich. Das Grab ist mit einem grünen Tuch ausgekleidet, es ist ganz klein. Im Hintergrund steht ein gelber Bagger. Wir stehen vor der Beamtin, die nur wenig sagt, dann stelle ich mich neben sie, falte ein Papier auseinander und lese ein Gedicht über Blätter und Rückkehr. Meine Oma nickt mir zu, meine Mutter wischt sich Tränen aus dem Gesicht.

Die Beamtin nimmt die Urne mit ihren blauen Handschuhen vom Tischchen und setzt sie in die gefrorene Erde. Wir legen unsere Blumen hinein und halten uns an den Händen.

Erst dann blicke ich richtig auf, der Friedhof ist in ein tonloses Weiß getaucht, der Schnee schluckt unsere Geräusche.

Ich denke daran, wie mein Vater an einem Wintermorgen in mein Zimmer kommt, er ruft meinen Namen, er zieht die Rollläden hoch, schau raus, sagt er, es hat geschneit, es hat geschneit.

Manchmal bin ich wütend darüber, dass ich nie wieder mit ihm sprechen kann. Aber diese Wut hat keine Richtung. Ich kann sie nicht herunterschlucken und sie verschwindet nur sehr langsam.

Kisten

Wir beginnen in der Küche. Wir ordnen Geschirr und Besteck, Töpfe und Schüsseln, wir stellen die Küchenwaage und das Rührgerät auf die Arbeitsplatte. Wir sortieren in Dinge, die wir verkaufen oder verschenken, Dinge, die wir wegwerfen, und solche, die jemand von uns behalten will. In meiner Kiste liegen eine Kinderschürze mit Marienkäfern und ein Kartoffelschäler, zwei von den weißen Tassen. Meine Mutter beschriftet die Kisten mit einem dicken Stift. Manuel sagt, dass ihn das ganze Kleinzeug kirre macht.

Mittags kommt Sara vorbei, ich zeige ihr die Sachen, die in der Garage und im Schuppen stehen, sie lädt die Schubkarre ins Auto, nimmt noch zwei Rebscheren mit, eine große Salatschüssel. Ich höre wie Carolin Friesen und meine Mutter im ersten Stock über etwas lachen.

Und, wie geht's, fragt Sara.

Ich zucke mit den Schultern. Ehrlich gesagt, das macht mich hier irgendwie ganz froh, sage ich.

Manuel kommt dazu und nimmt Sara kurz in den Arm.

Wie geht's, fragt sie ihn.

Er verdreht die Augen, dann fällt sein Blick auf etwas im

Regal. Er zieht seinen grünen Plastikdrachen heraus und breitet ihn auf dem Boden aus, er hat Stockflecken, seitlich ist ein Loch.

Den hat er geliebt, sage ich zu Sara.

Ja, sagt Manuel, ich dachte eigentlich, dass ihn schon jemand weggeschmissen hat.

Als das Telefon im Haus klingelt, traut sich erst niemand ranzugehen, aber dann ist es nur mein Großvater, der sagt, dass es bei ihm drüben Kaffee gibt.

Am nächsten Samstag machen wir das Schlafzimmer. An den Kleidern im Schrank sehe ich, wie mein Vater sich verändert, wie er abgenommen hat. Ein paar der Pullis kommen mir riesig vor. Wir stopfen sie in Säcke für die Diakonie, fragen uns, ob wir Skistiefel und Wanderschuhe auch dort hinbringen können. Im Schrank finden wir leere Bierflaschen und eine Papiertüte mit Medikamenten, ich werfe einen Blick hinein, sie sind alle noch verschlossen, es liegt eine handgeschriebene Dosierungsanleitung dabei.

In der Schublade des Nachttischchens finde ich meine Postkarten. Sie sind fein aufeinandergestapelt und, soweit ich sehe, chronologisch geordnet. Obenauf Portugal, ein Fels an der Küste bei Lagos. *Lieber Papa, wir genießen den Sommer an der Algarve, ich hoffe, es geht dir gut.* Ich denke an Simon und mich vor dem Zelt, wie ich ihm sagte, dass ich meinem Vater noch schreiben muss, dann diese Karte, zwei Sätze, neben der für Sara, auf die gerade noch so die Briefmarke passte. Die Moschee mit dem viereckigen Minarett. *Ich verbringe eine unglaublich schöne Zeit in*

Tunis und lerne viel, ich wünsch dir einen schönen Sommer. Ein Bild der Alhambra, mit Palmen. *Wir sind endlich mit dem Bus in Granada angekommen, ich hab schon fast nicht mehr daran geglaubt.* Die Seine und der Eiffelturm im Hintergrund, dickeres Papier. *Lieber Papa, wir frieren hier, aber immerhin, wir sind in Paris.* Und der Duomo, in Florenz, der Blick vom Campingplatz. *Hallo du, wir sind in der Toskana – war es früher schon so schön?*

Ich setze mich auf das Bett und stütze meinen Kopf in beide Hände. Manuel kommt herein, er setzt sich neben mich und legt mir seinen Arm um.

Und jetzt, fragt er.

Die Dokumente sortieren wir in Stapel nach Wichtigkeit, Manuel schreddert den Haufen, den wir aussortiert haben. Ich nehme Rechnungen mit, die noch nicht beglichen sind, Dokumente, von denen ich glaube, dass wir sie noch brauchen. Immer wieder lese ich Dinge in der Handschrift meines Vaters, Notizen, Kommentare am Rand von Schriftstücken, eine Einkaufsliste.

Zwei Wochen später öffnen wir den Wohnzimmerschrank und sehen die Fotoalben an, unter alten Gesellschaftsspielen finde ich eine Kiste mit Briefen. Ich nehme sie heraus und setze mich auf das Sofa, meine Mutter setzt sich zu mir und schaut mir über die Schulter. Einer der Briefe steckt in einem gelben Umschlag, er ist an meine Urgroßmutter adressiert. Mein Vater schreibt vom Stützpunkt, es ist ein Geburtstagsbrief, blaue Tinte, seine Handschrift kaum anders als die, die ich kenne, obwohl er höchstens zwanzig gewesen sein kann.

Manuel kommt herein, er trägt den Plattenspieler vor sich.

Der kommt zu dir, sagt er und schaut mich fragend an.

Schön, sage ich, Simon wird sich total freuen.

Manuel holt eine Kiste und stellt die Plattensammlung hinein. Mein Großvater ruft von unten zum Essen, die beiden gehen aus dem Zimmer, ich sage, dass ich gleich nachkomme. Ich öffne das Fenster und schaue hinaus, jemand mäht die Wiese hinter dem Bach, ein paar Bäume haben schon Blätter bekommen, ich höre Vögel, die Luft riecht nach länger werdenden Tagen.

Ich drehe mich um und betrachte die Kiste, aus der das Foto von Manuel und mir ragt, das immer in der Küche hing, ich bin vielleicht acht Jahre alt, wir stehen auf dem Balkon, nebeneinander, ich halte Manuels Hand und lächle in die Kamera. Daneben stehen die Platten, ganz vorne das blaue Cover der Kinks. Auf der Kiste steht mein Name, in Manuels Schrift.

Fünf

An Manuels Geburtstag gehen wir Pizza essen, ich nehme Simon mit und Manuel eine Frau, Lisa, die vielleicht seine Freundin wird oder schon ist. Mama schreibt, sie kommt später nach. Als der Kellner den Wein einschenkt, erheben wir die Gläser auf Manuel und singen Wie schön, dass du geboren bist. Manuel schaut auf die anderen Gäste und verdreht die Augen, aber er lächelt dabei. Beim Essen redet er mit Lisa, ich kann nicht alles verstehen, was sie sagen, ich beuge mich zu ihnen vor, als hätte ich ein Anrecht darauf, zu wissen, was in seinem Kopf vorgeht, aber Manuel schaut mich kurz mit einem abwehrenden Blick an, der mich dazu bringt, mich wieder zurückzulehnen. Die beiden flüstern sich etwas zu, und der Stich, den mir der Moment versetzt, lässt mich fast ein anderes Gefühl übersehen, das sich darunter hindurchschiebt, als würde etwas Schweres aus mir nach allen Seiten entweichen. Ich betrachte Lisa, wie sie die Gabel hält, wie sie meinem Bruder zunickt und dabei ihre Haare hinter das Ohr streicht.

Als Mama kommt, bin ich selbst überrascht, wie sehr ich mich freue, sie zu sehen. Sie begrüßt alle mit einer Umarmung, setzt sich neben Simon und bestellt einen Salat und ein Wasser. Ich beobachte die vier am Tisch, wie sie sprechen, sich zueinander beugen, wie sie lachen. Zum Nachtisch bestellen wir zwei Pannacotta mit fünf Löffeln, und meine Mutter erzählt die Geschichte, wie mein Bruder als Kind einmal in Italien in eine kleine Baugrube gefallen war und drei Bauarbeiter ihm, statt über seine Unaufmerksamkeit zu schimpfen, ein Eis am Stiel gebracht hatten, das er dann mit mir teilte.

Ausflug

Ich mache eine Radtour mit Simon und Jori, wir haben einen Korb mit Kaffee und Marmorkuchen gepackt. Ich liege auf der Decke unter einer Buche und erzähle ihnen von einem Tag im Frühsommer:

Ich bin sieben Jahre alt und fahre mit meinem Fahrrad einen Hügel hinab, es ist mein blaues Fahrrad, mein erstes. Wir sind im Wald, eine Schotterstraße, daneben Laubbäume, ein Geruch nach jungen Blättern. Ich habe vergessen, wie ich bremsen muss, und werde immer schneller. Meine Eltern rufen hinter mir her, dass ich anhalten soll, ich versuche, auf dem Weg zu bleiben und nicht die Böschung hinabzustürzen. Dann plötzlich mein Vater neben mir, mit seinem Rad. Er greift mit seiner Hand meinen Lenker und stoppt mein Fahrrad. Mein Bruder sitzt vorne bei ihm im Kindersitz. Meine Mutter kommt dazu, sie schaut erleichtert. Mein Vater streichelt mir über den Kopf. Seine Hand ist warm.

Immer besser kann ich anderen von ihm erzählen. Mein Vater, der die kalte Zeit des Jahres liebte, der pfeifend durch Schneematsch lief. Mein Vater, der schmerzfrei einen Spreißel aus meiner Fußsohle ziehen konnte. Mein Vater, der solche Angst vor Schlangen hatte, dass er auf einer Wanderung einmal vor einer kleinen Blindschleiche davonrannte. Mein Vater, der in Gesellschaft dazu tendierte, durch Menschen hindurchzuschauen. Ich bewahre verschiedene Erzählungen nebeneinander und wähle eine passende aus. Immer begleitet von zwei Kräften, der Furcht davor, ihn zu vergessen, und der Notwendigkeit, nicht zu viel an ihn zu denken.

Schwimmen

Irgendwann finde ich dieses Foto wieder. Ich muss es als Kind schon einmal betrachtet haben, aber ich erinnere mich nicht richtig daran. Das Foto wurde in dem Sommer aufgenommen, als sich meine Eltern verlobten. Es zeigt einen Sandstrand, ein Felsen ragt hinein, im Vordergrund sieht man die Füße meiner Mutter, mit hellrotem Nagellack auf einem blauen Handtuch, dahinter erstreckt sich das Meer in wechselnden Farben.

Unwillkürlich stelle ich mir diesen Tag vor, wie meine Eltern morgens auf der Insel frühstücken, wie sie entscheiden, an den Strand zu gehen, wie sie ihre Badesachen packen.

Und dann fällt mir etwas daran auf. Im Wasser weit draußen ist noch eine andere Person. Man kann nur den Kopf mit den dunklen Haaren sehen und die weit nach außen gestreckten Arme. Für einem Moment halte ich den Atem an. Ich erkenne sofort, wer es ist. Der Schwimmer ist mein Vater.

***

Dank

Die Arbeit an diesem Buch wurde unterstützt durch die Bayerische Akademie des Schreibens am Literaturhaus München und den Förderkreis deutscher Schriftsteller in Baden-Württemberg.

Ich danke außerdem Sandra Hoffmann und den Teilnehmerinnen und Teilnehmern ihrer Karlsruher Schreibwerkstatt sowie Jessica Sabasch, Iris Fritz, Bernhard Schulz, Agnes Brunner und Renate Hecht.

Musiknachweise

Wir danken für die Abdruckgenehmigungen folgender Liedtextstellen:

Motto: «You search the world for the milk of the pearl»
Aus dem Lied *She Always Takes It Black* von Gregory Alan Isakov
M & T: Gregory Alan Isakov
© 2013 Suitcase Town Music
Mit freundlicher Genehmigung von Third Side Music/Freibank

S. 84: «you can crush it, but it's always near»
Aus dem Lied *Planet Telex* von Radiohead
Words and Music by PHILIP JAMES SELWAY, COLIN CHARLES GREENWOOD, THOMAS EDWARD YORKE, EDWARD JOHN O'BRIEN and Jonathan Greenwood
© WARNER CHAPPELL MUSIC LTD
All rights administered by Neue Welt Musikverlag GmbH

S. 85: «her green plastic watering can»
Aus dem Lied *Fake Plastic Trees* von Radiohead
Words and Music by THOMAS EDWARD YORKE, PHILIP JAMES SELWAY, EDWARD JOHN O'BRIEN, COLIN CHARLES GREENWOOD and Jonathan Greenwood

S. 86: «sometimes you sulk, sometimes you burn»
Aus dem Lied *Sulk* von Radiohead
Words and Music by EDWARD JOHN O'BRIEN, THOMAS EDWARD YORKE, PHILIP JAMES SELWAY, Jonathan Greenwood and COLIN CHARLES GREENWOOD

S. 127: «two of us riding nowhere, spending someone's hard earned pay, you and me sunday driving, not arriving on our way back home»
Aus dem Lied *Two Of Us* von The Beatles
M & T: John Lennon, Paul McCartney

S. 127: «You and I have memories, longer than the road that stretches out ahead»
Aus dem Lied *Two Of Us* von The Beatles
M & T: John Lennon, Paul McCartney

S. 127: «And still they lead me back, to the long winding road, you left me standing here, a long long time ago»
Aus dem Lied *The Long And Winding Road* von The Beatles
M & T: John Lennon, Paul McCartney

S. 157: «all in all is all we all are»
Aus dem Lied *All Apologies* von Nirvana